X-Story. I

죄수였던 고발자,
법과 자본의 카르텔을 무너뜨리다

말레이 MYS RUN 추적기

1부

저자
이오하

『말레이(MYS) 추적기』
연재를 시작하면서

 이 소설은 실화를 바탕으로 쓴 이야기이다. 나는 검찰 권력과 윤석열, 김건희 등과 관련한 수많은 사건을 추적하고, 그것을 여러 언론을 통해 보도하여 '제보자X'라는 별칭으로 세상에 알렸다.

 《죄수와 검사》 10부작, 한명숙 총리 모해위증 사건, 도이치모터스 주가조작 사건, 채널A 검언 유착 사건, 대북송금 조작, 쌍방울 옥상 파티 사건 등을 통해 세상에 알렸으니, 그에 따른 불편은 말할 것도 없고, 공권력이라는 이름에서 부당한 횡포를 경험하기도 했다.

 그중에는 쉽사리 세상에 알리기 어려운 것도 있다. 이

소설 『말레이(MYS) 추적기』에 해당하는 사건은 2년간의 추적으로 완성했으나 언론에 공개하지 못했다.

몇 가지 이유 가운데 두 가지를 꼽을 수 있다. 하나는 여러 중요한 사건을 추적하고 보도한 후 나와 가족이 겪었던 이루 말할 수 없는 고통이다. "나와 내 가족에게 고통을 더 이상 주면 안 된다."라고 생각했다.

그리고 두 번째 이유는 사건 공개를 고심하던 시기에 매우 중요한 관련자 중 한 사람의 자녀가 '10.29 이태원 참사'로 희생된 것이다.

사랑하는 딸을 잃은 것이다. 공개하려는 사건을 보도했다면, 나는 또 다시 세상의 주목을 크게 받았을 것이다. 따라서 이태원 참사 유족 중 한 사람인 그는 형사 처벌을 면하지 못했을 것이다.

그가 아무리 나쁜 죄를 지어 처벌받았다 하더라도 다 키운, 사랑하는 딸을 잃은 고통보다 더 큰 형벌은 없었을 것이라고 나는 생각했다. 그 역시 고통을 느낄 줄 아는 사람이므로 갑자기 닥친 그의 불행을 외면할 수 없었다. 지금도 나는 "그는 이미 처벌받았다."라고 생각해 그에 관한 미련을 지웠다.

다만 그냥 묻어버리기에는 아쉬운 이 사건을 소설로 써 보기로 했다. 소설에서 '제보자X'는 은호(銀虎)라는 이름의 주인공으로 등장한다. 이 소설을 시작으로 '제보자X'가 그동안 추적해 왔던, 공개하거나 공개하지 않은 많은 사건을 소설 형식으로 재구성해 보일 예정이다.

앞으로 소설 속에서 은호의 활동과 번민을 함께 즐겨 주시길 바란다.

* 이 소설은 실화를 바탕으로 썼으나 등장하는 인물의 이름과 회사의 명칭, 특정 상황의 설정 등은 작가의 창작에 의한 것으로 실제와는 다름을 미리 밝혀둡니다.

목차

1. 어떤 추방 ··· 6

2. 미로(迷路) ··· 56

3. 원초적 계약 ··· 86

4. 충돌, 안으로 스며들다 ··· 136

1. 어떤 추방

2022년 3월 25일
베트남 하노이

2022년 3월 25일 밤. 베트남 하노이로 가는 비행기는 긴 침묵을 깨고 기내 방송으로 도착이 얼마 남지 않았다고 알렸다. 스튜어디스가 비어있던 뒷자리를 차지하고서 잠자는 은호를 흔들어 깨웠다.

은호가 몸을 일으키자 발밑에 나뒹굴던 맥주 깡통 소리가 났다. 그가 누워있던 좌석 주변에는 빈 맥주 깡통이 여기저기 널브러져 있었다.

은호는 정신을 차리고 자신의 좌석표를 확인한 후, 앞쪽의 원래 자리로 돌아갔다. 스튜어디스는 투덜거리면서 좌석을 바로 세우고, 빈 맥주 깡통과 주변을 정리했다. 밤 9시가 다 돼서 비행기는 덜컹거리며 하노이 공항 활주로에 내렸다.

비가 내리고 있었다.

캐리어를 끌고 공항 밖으로 나오자 그 앞에는 호객하는 여러 택시 기사가 서툰 영어로 손님을 불렀다. 은호는 모른 체하고 한쪽으로 걸어가 캐리어를 의자 삼아 앉고는 담배를 꺼내 물었다.

오랜만에 바깥 공기를 깊게 들이 마시기도 전에 현란한 색깔의 하와이풍 셔츠를 입은 두 남자가 은호에게 다가와 말을 건넸다.

"Where are you from?"
"Are you Korean?"

은호는 짧게 대답했다.
"I am Korean."

"I like Korean people."
"Korean good!"

택시 기사로 보이는 두 남자는 호들갑을 떨며 시끄럽게 다가왔다. 은호에게 목적지를 묻고, 택시비를 흥정하려하자 은호는 주소가 적힌 쪽지를 그들에게 건넸다.

긴 비행시간 때문에 피곤했던 은호는 길게 대꾸하지 않고 두 남자를 따라 걸었다.

한 남자는 연신 계산기를 두드리며 숫자판을 보여주면서 은호를 향해, "Please give me dollars. OK?, OK?"라고 묻는다.

은호는 그마저 귀찮은 듯 오른손으로 동그라미를 그리며 동의를 표했다. 그러자 한 남자가 잽싸게 은호가 끌던 트렁크를 받아 끌면서 콧노래를 흥얼거렸다.

무허가인 듯한 택시 앞에 도착하자 한 남자가 동행한 다른 남자에게 베트남 지폐를 몇 장 건넸고, 그러자 그 남자는 가볍게 인사하고 차 트렁크에 은호의 캐리어를 실어주고 자리를 떴다.

은호는 차에 탔다. 그 차는 비가 쏟아지는 하노이 공항을 빠져나와 축축한 밤길을 거침없이 달렸다. 은호는 바퀴에 감기는 빗소리에 눈을 감았다. 이곳으로 떠나오기

전 부산에서 겪은 일이 떠올랐다.

∴ ∴ ∴

3일 전 부산

　부산 충무동의 어느 골목 안, 건물 1층에서 얇고 허름한 은색 알루미늄 미닫이문이 듣기 거북한 쇳소리를 내면서 열렸다.

　한 발을 문밖으로 내민 은호는 찌푸린 하늘을 보고 한 손을 길게 뻗었다. 손바닥에 빗방울은 내려앉지 않았다. 아직 비가 오지 않음을 확인하긴 했지만 하늘이 심상치 않아 우산을 챙겨 들고 문을 나섰다.

　그는 오르막 골목길을 따라 걷기 시작했다. 주변의 골목 풍경을 두리번거리며 '철거 확정', '철거 완료', '생존권 투쟁', '철거 예정' 등의 글이 빨간 스프레이로 건물에, 그리고 철거된 토지의 경계에 둘러쳐진 임시 펜스에 아무렇게나 갈겨져 있는 것을 보았다.

도천장, 장미 모텔, 뷰티 미용실…… 아직 영업하는지 아닌지도 모를 모텔, 여관, 미용실 간판도 그대로 남아 있다.

이곳은 과거 수많은 소외된 욕망이 쏟아져 내리던 '완월동'이라는 전국에서도 유명한 사창가였다. 지금은 대부분 영업장이 폐쇄되고, 재개발 추진위가 발족한 후 철거가 진행 중인 동네다.

은호는 좀 더 좁은 골목을 따라 올랐다. 이 길의 끝은 천마산 정상이다. 길은 폭이 좁아질수록 시멘트가 거칠게 발라진 계단에 가파른 경사가 이어졌다.

'해돋이 길'이라는 골목 안내 표지판이 보일 때쯤 비가 내리기 시작했다. 골목길에 별다른 배수구가 없어 빗물은 그대로 좁은 계단을 따라 흘렀고, 유속은 점점 빨라졌다.

은호는 우산을 편 채 절벅거리며 무심히 계단을 올랐다. 천마산 7부 능선쯤 오르자 둘레길과 찻길이 나타났다. 비는 웬만큼 잦아들었다. 숨을 크게 몇 번 몰아 쉬면서 감천항 쪽 바다를 바라보았다.

'조금 있으면 노을이 지고 해는 다시 바닷속으로 붉게 들어가겠지.'라는 말을 중얼거리며, 은호는 천마산 둘레길을 따라 다시 걸었다.

어느 집 지붕이 다른 집의 마당이 되고, 그 집 지붕이 또 윗집의 마당이 되어 층층이 어우러진 감천마을에 도착했다. 갖가지 화려한 색깔을 자랑하던 집들은 해가 저물면서 모두 붉은색으로 물들어갔다.

은호는 감천마을 안쪽으로 걸어 들어갔다.

그러다 어느 골목에서 '조율사(調律寺)'라는 작은 푯말을 찾았다. 그 골목을 따라 성큼성큼 걸어 들어갔다. 몇십 미터 앞에 창밖으로 불빛이 흘러나오는 조율사(調律寺)가 보였다.

전서체로 써서 새긴 조율사 현판과 처마 밑으로 달린 몇 개의 연등이 없었다면, 이곳이 절이라고는 누구도 선뜻 생각해 낼 수 없을 것 같은, 벽돌과 목조가 어우러진 2층짜리 집이었다.

은호는 거실 같은 곳에 모셔진 황동 불상을 향해 잠시 눈을 감아 인사하고 '요사채(寮舍)'라며 써진 곳으로 나무 마루를 따라 걸었다.

은호가 문턱 높은 요사채에 들어섰다. 도마 위에 무엇인가를 썰고 있던 은선 스님과 눈이 마주쳤다.

"어? 호야 왔나!"

은선 스님은 밝게 은호를 맞았다.

"네, 스님. 잘 계셨어요? 무슨 일 있으세요?"
라고 은호가 물었다.

은선 스님은 손으로는 무엇인가를 계속 썰어대며 턱으로 창가를 가리켰다.

창가로 몸을 틀었다. 조율사의 요사채는 바다 쪽으로 큰 통창이 나 있어 바다 노을과 어우러진 모습이 절의 요사채가 아닌 고즈넉한 카페 같았다.

창가 쪽 하나뿐인 나무 테이블에 두 남자가 마주 앉아 있었다. 한 사람은 바다 쪽을 바라보고 조용히 어디론가 전화 통화를 하고 있었고, 다른 한 사람은 바다를 등지고 앉아 있었다.

그때 은호는 바다를 등지고 앉은 송선수를 알아봤다. 은호가 송선수를 향해 이름을 부르려는 순간, 송선수는 손가락으로 입을 가리고 "쉿!" 했다.

은호는 그걸 눈치채고 송선수를 향해 턱짓으로 등진 사람을 가리키면서 입 모양으로 "누구야?"라고 물었다. 송선수는 은호를 향해 소리 없는 입 모양으로 이렇게 말했다.

"고 계장님."

은호는 송선수를 향해 환하게 웃으면서 입 모양으로 "꽃게장?"이라고 다시 물었다. 둘은 모두 소리 없이 크게 웃었다. 그리고 곧 은호를 등지고 있던 사람이 전화를 끊고 은호를 보았다.

그러자 먼저 송선수가 은호를 향해 달려와 안았다.

"쌤!"
"그래 송선수, 어쩐 일이야? 여기까지."

은호는 꼭 껴안은 송선수의 팔을 떼어내면서 대답했다.

"꽃게장님이 쌤이 계신 곳을 찾아냈어요. 그래서 같이 왔죠."
"꽃게장이 뭐냐, 임마. 고 계장님한테…… 흐흐흐."

은호는 앉아 있는 고 계장 앞으로 다가가 악수를 청했다.

"고 계장님 오랜만입니다."
고 계장도 자리에서 일어나며 은호의 악수를 받았다.

"은호 씨, 반갑습니다. 오랜만입니다."

∴ ∴ ∴

2017년 4월 어느 봄 서울남부지방 검찰청
금융범죄조사부 특별실

'금융범죄조사부 부장[1] 검사실'이라는 문패가 달린 방 옆으로 이름도 없는 사무실이 하나 있었다. 그곳은 원래 금융범죄조사부 전체가 공동으로 쓰던 영상 조사실이었으나 언젠가부터 검사들 사이에는 '특별실'로 불렸다.

'특별실' 안에서 은호(수번 1209), 고 계장, 송선수가 함께 커다란 플라스틱 대접에 담긴 양념 꽃게 무침을 뜯고 있었다. 송선수는 다른 플라스틱 대접에 김이 모락모락 오르는 햇반을 몇 개 부어 넣고 양념게장의 양념을 골라내 비벼대고 있었다.

좀 큰소리로 누군가 밖에서 문을 두드렸다.

"고 계장님, 이건 안 됩니다. 고 계장님, 교정규칙 위반이에요!"

---

[1] 검사 직급 체계: 평검사 ▶ 부부장 검사 ▶ 부장 검사 ▶ 차장 검사 ▶ 검사장

고 계장은 문을 향해서 물었다.

"누구세요?"

은호가 대신 답했다.
"신 주임이요, 신 주임. 교도관."

고 계장은 문을 열어젖히면서 말했다.
"왜 그러세요! 밥 먹는데!"

신 주임은 약간 기가 죽은 목소리로 말했다.

"아니요. 밥 먹는 걸 뭐라 하는 게 아니고요. 저기 1209는 저희가 관리해야 하는 수용자예요. 지급하는 관식 이외에는 드시면 안 돼서요. 위에서 알면 저 큰일 나거든요."

다시 고 계장이 말했다.

"네, 아는데요. 이건 황우 부장님한테도 허락받은 거예요. 어제 기사 못 보셨어요? 우리 부서 큰 사건 하나 했잖아요, 참! 신 주임님도 남부지검에 하루 이틀 나오시는 것도 아니면서 왜 그러세요. 일루 와서 같이 먹어요, 그냥. 허허허."

"저도 기사는 봤어요. 그래도 이건 좀 심한 것 같아요. 재소자한테 양념 게장이라니요, 아이 참······."

이때 은호가 양념이 묻은 손가락을 휴지로 쓱 닦아 내더니, 메모지에 몇 개의 숫자를 적어서 교도관에게 건넸다.

"신 주임님, 저번에 부탁하신 거······."

그는 은호가 건넨 메모지를 뒤돌아서 조심스럽게 펼쳐 보더니 만면에 웃음기를 띄웠다.

"아, 네······ 꽃게장님! 아니 고 계장님, 꽃게장 맛나게 마저 드세요. 언능 드셔요."라고 하면서 방을 나갔다. 교도관은 나가면서 친절하게 문까지 잠그고 나갔다.

"뭐야, 저 사람?"
고 계장은 은호에게 묻는다.

"아니요. 지난주부터 신 주임이 제 개호[2] 담당이 됐는데, 계속 주식 종목 하나만 알려달라고 해서요. 자기 이번에 아파트 대출금 못 갚으면 경매 넘어가서 이사 가야 한다고 만날 때마다 얼마나 귓속에다 귀찮게 말하는지…… 시끄러워 죽겠어요. 그래서 봐놨던 종목 하나 적어 줬어요."

고 계장과 송선수는 서로 눈을 마주치고는 크게 놀랐다. 그리고 이내 양념 꽃게 무침으로 눈길을 돌렸다.

"양념 꽃게는 역시 여수예요, 여수!"
송선수가 감탄하자, 고 계장이 맞장구를 친다.

"여수가 우리 처갓집, 처갓집. 정말 맛나긴 하다!"

셋은 양념에 범벅이 된 서로의 얼굴을 바라보면서 크게 웃었다. 그리고 이내 꽃게 양념이 들어있는 대접에 서로의 머리를 묻었다.

∴ ∴ ∴

---

[2] 수감된 재소자가 외부로 나갈 때 교도관이 감시 관리하는 일을 말함

다시 '조율사(調律寺)' 요사채

그들이 다시 만났다. 테이블에는 이미 소주와 맥주병, 그리고 술잔이 놓여 있었다. 은호와 고 계장, 송선수는 술잔을 앞에 두고 오랜만에 회포를 풀고 있었다. 은호가 먼저 말을 꺼냈다.

"고 계장님은 요즘 어디 계세요?"
"나는 그동안 수원지검에 있다가, 이번에 다시 남부지검 금조부로 돌아가요."

그러자 송선수가 말을 거들었다.

"꽃게장님 이제 계장님 아니에요. 사무관이에요. 검사 대우! 작년에 검사 대우 됐다구요!"

은호는 크게 반기며 말했다.

"와우! 그래요? 축하해요, 정말!"
"고마워요, 은호 씨. 다 은호 씨 덕분이지 뭐. 내가 금조부 수사를 할 줄이나 알았나요. 마조부[3]에서 뽕쟁이들, 깡패들만 잡다가, 은호 씨 만나면서…….."

"무슨 말씀을요."
웃으면서 답했다. 은호는 송선수에게 눈길을 돌려 물었다.

"송선수는 지금 어딨어?"
"저는 지금 본청 정보과에 있는데, 징계 풀리면 다시 수사 부서인 서울청 반부패로 가야죠. 내가 뭘 잘못했다고 징계질인지, 씨……."

"그래…… 표창을 줘도 부족할 판에……."

은호는 조용히 답했다. 이때 은선 스님은 쟁반에 단정히 썬 생선회와 쌈 채소를 가져와 테이블 위에 놓았다.

송선수가 은호의 귀에 대고 조용히 물었다.

"샘, 여기가 뭐 하는 데예요? 절? 카페? 횟집? 절에서는

---

[3] '마약조직범죄조사부'의 줄임말.

원래 살생 같은 거 안 하잖아요?"

쟁반을 놓고 주방 쪽으로 돌아가던 은선 스님이 테이블 쪽을 휙 돌아보면서 말했다.

"여기 절 맞다. 살생? 내가 직있나! 직인 거 발라준 거지……. 그라는 니덜은 법으로 먹고사는 놈들이라 했제? 가슴에 손을 대고 씨부리봐라. 니들 그기 아냐? 니들같이 법으로 먹고사는 늠들이 그동한 법으로 생사람들을 얼마나 잡아 직있는지, 아냐꼬!"

은호가 일어서서 은선 스님을 말렸다. 다시 주방 쪽으로 발을 돌리면서 은선 스님이 몇 마디 덧붙였다.

"여기 절가이 맞고, 내도 땡중 맞다! 땡중이 발라준 회, 처묵어도 된다. 법으로 처묵고 다니는 넘들 말고, 호야 니나 마이 무으라."

이 장면을 웃으면서 보고 있던 고 계장이, "송선수, 저 은선 스님…… 법무부에서도 유명하신 분이야. 불교 교화

위원[4]으로 봉사도 오래 하시고, 종단에서 큰 절의 주지로 가시라고 해도 안 가시고 여기 계시는 분이야." 하면서 송선수를 보았다.

은호가 물었다.
"고 계장님도 원래 은선 스님을 알고 계셨어요?"

"아니요. 은선 스님이 어디 저 같은 사람 만나나 줍니까? 교도관들을 통해서 오두석 씨(장기 미집행 사형수)한테 부탁했지요. 은호 씨 연락할 방법을 좀 알려달라고요. 그래서 이렇게 여기까지 온 겁니다."

세 사람은 즐겁게 소맥 잔을 몇 순배 정도 돌리면서 그동안 밀린 소식을 주고받았다. 은호가 요사채 베란다에 나가 담배를 한 대 피우고 있는 동안, 송선수는 냉장고와 테이블을 바쁘게 오가면서 테이블 위의 빈 술병을 새것으로 바꾸고 있었다.

---

4) 교도소, 구치소, 소년원 등의 교정시설에 갇힌 재소자를 위해 법회, 상담, 결연 등의 교화 활동하는 사람

2017년 1월 어느 겨울날
서울남부지방검찰청 금융범죄조사부

그들이 만난 것은 2017년 1월 어느 겨울날이었다. 서울남부지검 금융범죄조사부. 그날 언론에는 이들이 건져 올린 꽤 큼지막한 사건의 속보가 떴다.

[오늘 오전, 검경 합동으로 도림 그룹 비서실과 경영 지원실 압수수색] 서울남부지검 금융범죄조사부와 경찰이 합동으로 오늘 오전 도림 그룹에 대해서 자본시장법 위반 혐의 등을 파악하고 전격적인 압수수색을 벌였습니다.

텔레비전의 속보가 계속 나오는 동안 서울남부지검 본관 앞에는 버스 1대와 승합차 3대, 압수수색을 나갔던 검찰청 차량 여러 대가 줄줄이 들어왔다. 차량에서 내린 검사와 수사관들은 압수한 물품이 담긴 박스를 들고 검찰청 안으로 계속해서 들어갔다.

박스를 든 검사와 수사관들이 금융범죄조사부가 있는 남부지검 12층의 '회의실'이라고 적힌 방으로 연이어 들어갔다. 그 회의실 안에서 금조부(금융범죄조사부) 부장검사인 황우 부장이 직접 나와서 압수품을 일일이 점검했다.

"고 계장님, 여기 이거하고 저기 있는 경영지원실 압수품 박스는 특별실로 좀 갖다주세요."

"부장님, 이거 우리가 먼저 안 보구요?"
고 계장이 묻는다.

"네 특별실 은호 씨에게 먼저 봐달라고 하세요. 이거 우리가 먼저 봐도 파악하는 데 시간도 오래 걸리구요. 중요한 부분을 놓칠 수 있어요."

"네, 알겠습니다!"
고 계장은 바로 움직였다.

"혼자 다 못 옮겨요. 누가 좀 같이……."

　황우 부장이 주변을 두리번거리다가 "어이, 젊으신

분……. 형사부에서 지원 나왔나? 저 박스 좀 같이 옮겨주지?" 하고 손으로 가리켰다. 황우 부장이 지목한 사람은 송선수였다.

"아닙니다. 저는 서울청에서 지원 나왔습니다! 송, 선, 수라고 합니다!"

"오, 그래? 어쩐지 우리 지검에서 이렇게 잘생긴 사람은 본 적이 없는데……. 경찰은 왜 해? 영화배우 해도 되겠구먼. <u>흐흐흐</u>."

황우 부장은 만족한 듯 송선수를 대했다. 고 계장은 황우 부장검사의 지시대로 압수물 박스를 들었고, 송선수도 나머지 박스를 들고 고 계장의 뒤를 따랐다.

회의실을 나와 검사실 몇 개를 지나쳐 부장 검사실을 지나자, 문에 아무런 문패도 없는 사무실이 나왔다. 문 앞에는 교도관 한 사람이 한가하게 스마트폰을 들여다보며 의자에 앉아 있었다.

그 문을 열고 들어가자, 다시 두 개의 방이 나왔다. 두

방 모두 문은 키패드로 잠금장치가 되어있었다. 고 계장은 압수물 박스를 벽에 기대 놓고 키패드의 네 자리 비밀번호를 누르고 문을 열었다.

고 계장을 따라서 송선수도 박스를 들고 들어갔다.
그리고 송선수는 놀란 표정으로 방을 두리번거리기 시작했다. 일반 검사실 2분의 1만 한 크기의 방이지만 구조는 검사실과 비슷했다.

검사 책상과 피의자용 의자 두 개, 그리고 책상 위에는 데스크톱 컴퓨터와 프린터, 그리고 태블릿 PC와 전화기도 보였다.

그리고 창문 쪽을 빼고 방의 세 면은 온통 검은색, 빨간색, 파란색으로 매직 글씨와 그림으로 빼곡히 도배가 되다시피 했다.

벽면에 매직으로 써진 것들은 알 수 없는 그래프와 여러 기업 이름, 그리고 많은 사람 이름과 날짜로 보이는 숫자가 있었고, 큰돈의 액수 표시와 붉은색, 파란색 매직으로 그린 화살표가 어지럽게 서로 연결되어 있었다.

송선수는 아무리 봐도 당장은 이해할 수 없는 글과 그림일 뿐이었다. 송선수가 더욱 놀랐던 것은 검사석 의자에 앉아 있는 사람이었다. 분명히 수감자가 입는 수의를 입고, 가슴에는 '1209'라는 수번까지 붙어 있었다.

그 남자는 고 계장이 방으로 들어오는 것에는 아랑곳하지 않고 몸을 창 쪽으로 반쯤 돌려 앉은 채, 휴대전화로 누군가와 통화했다. 그 남자의 통화가 끝날 때까지 송선수는 아무 말도 할 수 없었다.

40대 초반으로 보이는 그는 은호였다. 은호는 통화가 끝나자 고 계장과 자연스럽게 미소로 인사를 나눴다.

"고생하셨습니다. 고 계장님 이거 도림 그룹 건인가요?"
"네 맞아요. 황우 부장님이 이 상자들을 은호 씨한테 먼저 가져다주라고 해서요."

"아…… 오전에 여기서 뉴스로 봤어요. 그래도 이 건은 빨리 움직였네요."라고 은호가 말했다.

"네, 어쩐 일인지 2차장 결재가 빨리 났어요."

고 계장은 아직 박스를 들고 서 있는 송선수 쪽을 보고 말했다.

"어이 젊은 친구, 그 박스 여기다 내려놔. 왜, 정신이 없어?"라고 웃으면서 물었다.

그래도 방의 이곳저곳을 둘러보느라 답이 없자, "어이 잘생긴 경찰님! 이름이 뭐야?"라고 묻자, 그때야 정신을 차린 듯

"네? 넵! 저는 서울청에서 파견 나온 송선수 경위입니다!" 하고 큰 소리로 말했다.

고 계장과 은호는 송선수의 행동에 같이 웃었다. 그러고 있는 사이에 황우 부장이 방으로 들어왔다. 황우 부장은 은호와 간단히 인사하고 공손하게 말했다.

"은호 씨, 이거 저희가 너무 미안한데…… 저 박스들 먼저 좀 봐주세요. 오늘 압수한 도림 그룹 자료인데, 경영지원실에서 나온 이사회 자료, 공시 관련 자료하고 회계 감사 자료예요. 매번 이렇게 죄송합니다."

"아닙니다, 해야죠. 제가 시작한 사건인데 마무리까지 잘해야죠, 뭐."

은호는 받아들이는 듯 말했다.

"너무 죄송합니다. 쌍둥이 애널리스트 사건도 기소한 지 얼마 안 됐는데……. 저도 이 사건 결재가 이렇게 빨리 나올 줄 몰랐거든요."

황우 부장은 미안하다는 듯 굽신거리며 부탁했다.

"아닙니다, 괜찮습니다. 그런데 주말도 작업하려면 출정[5]이……."
"네, 그건 걱정하지 마십쇼! 저희가 즉시 검사장님 이름으로 남부구치소장에 협조 공문을 보내 놓겠습니다."

황우 부장은 힘 있게 대답했다.

이 대화를 지켜보던 송선수는 지금 자신이 있는 방에서 벌어지는 이 상황을 도저히 이해할 수 없었다. '이게 도대

---

[5] 구속된 피고인이 검찰 조사나 재판을 받기 위하여 구치소 밖으로 나가는 일.

체 뭐 하는 짓이지?' 하는 생각뿐이었다.

황우 부장 검사는 대화를 마치고 서둘러 방을 나갔다.

"은호 씨, 내가 다 미안하네……."
고 계장이 황우 부장을 거드는 듯 말했다.

"괜찮아요, 계장님. 주식시장의 나쁜 놈들은 빨리빨리 잡아야죠. 흐흐흐."

송선수는 이 대화 역시도 도저히 이해할 수가 없어서 큰 덩치의 고 계장 눈만 멀뚱멀뚱 바라볼 뿐이었다. 고 계장은 자신을 멀뚱히 보는 송선수를 향해, "뭘 그렇게 봐? 밥이나 먹으러 가자고. 배고파 죽겠다." 하면서 돌아섰다.

송선수는 방을 나서는 고 계장을 따라가며 뒤돌았다. 다시 한번 은호가 있는 방안 이곳저곳을 둘러보고 연신 고개를 갸웃거렸다.

은호는 자신의 방을 나가는 고 계장에게 "계장님 식사하고 오시면서 커피 한 잔 부탁해요."라고 말을 던졌다.

고 계장은 뒤도 돌아보지 않고 답했다.

"네, 아아요. 싱글샷!"

송선수는 고 계장을 뒤따라가면서 생각했다. '커피? 아아? 싱글샷? 저 죄수복 입은 사람의 커피 심부름?' 그리고 연신 고개를 갸웃거렸다.

∴ ∴ ∴

점심 식사를 마친 고 계장과 송선수가 남부지검 옥상 흡연 구역에 올라와서 주변을 둘러봤다. 고 계장이 송선수에게 담배를 건네면서 물었다.

"자네는 언제 남부로 파견 나왔어?"
"저 담배 안 피워요. 지난번에, 한두 달 됐나요? 증권범죄 합수단의 파견 요청에 자원해서 왔다가, 일주일 정도 도와준 뒤에 오늘 다시 온 거예요."

"왜? 서울청이 안 편해? 여기가 좋아?"
"좋은 것보다는…… 제가 여기서 하는 주가조작, 기

업 범죄 이런 수사를 좀 해보고 싶은데 잘 모르겠더라구요. 누가 가르쳐주는 사람도 없고요. 그래서 뭐 공부도 할 겸……. 검찰청은 어떻게 수사하나 궁금하기도 해서요."

담배를 입에 문 고 계장은 퉁명스럽게 대답한다.

"뭐 수사하는 거야 여기나 거기나 다 똑같지."

"저 계장님, 아니 고 계장님 뭣 좀 물어봐도 돼요?"
"뭐? 뭐 말해 봐."

"아니, 아까 거기요. 우리가 압수물 박스 가져다준 데요."
"특별실?"

"특별실? 네, 거기요. 그곳에 있는 남자분은 검사님이에요? 죄수복 입고 있던 그 남자요."

고 계장은 껄껄껄 웃어 재꼈다.

"아…… 은호 씨? 뭐 하는 사람 같애, 당신이 보기엔?"
"아니 아까 보니까, 부장 검사님도 깍듯하게 대하

고…… 압수물 분석도 공손히 부탁하고…… 죄수로 위장해서 수사하는 검사님이죠? 그죠? 막 영화 같은 데서 나오는…….”

"은호 씨, 그 사람은 내가 쭈욱 지켜봤는데, 진짜 검사 해야 했어.”
"그럼, 검사님 아니에요?”

"아니야, 1209번이야. 구치소 수용자.”
"수용자요? 그럼, 죄수요?”

"그래 죄수……. 그런데 좀 특별한 죄수야, 은호 씨는…….”
"특별한 죄수요? 어떻게 특별한 죄수요?”

"자네, 아니 앞으로 송 경위 이렇게 부를까?”
"그냥 아무렇게나 부르셔도 돼요. 나이 차도 많은데요 뭐. 선수야 해도 되고. 송선수, 이렇게 부르셔도 되고요. 그나저나 그분, 뭐가 특별한데요?”

"송선수? 그래 송선수가 좋다. 송선수도 기업 범죄 수사, 주가조작 수사 같은 거 관심 많다고 했지?"

"많죠, 엄청 많죠. 그래서 오늘 박스 나르는 것도 자원했잖아요."
"작년? 아니다. 재작년 12월에 스포츠 경성 주가조작 사건 알아?"

"아…… 그거 알죠, 알죠. 거기 스포츠 신문사 회장이 직접 선수들하고 주가 조작했다가 걸린 사건. 많이 구속됐잖아요?"
"그래. 그 사건도 은호 씨가 파헤친 사건이야."

"아…… 그 1209 그분이요?"
"어. 그리고 작년 봄에 IST 글로벌 대규모 주가조작 사건 들어봤어?"

"IST? 아이에쓰…… 아, 네 알아요. 그 사건, 명동 사채업자랑 같이했던 주가조작. 방송에도 크게 나왔잖아요."

"그래. 그때 황우 부장님이 부부장이었을 때 수사 결과 브리핑도 방송에 나왔잖아."

"네, 저도 생각나요. 겁나게 멋졌죠. 그 브리핑 장면."

"그 사건도 은호 씨가······."
"네? 그 사건도요? 120······ 아니 은호 씨가요?"

고 계장은 담배 연기를 하늘로 뿜으면서 마치 자신이 경험한 활극을 이야기하듯 뿌듯한 표정으로 고개를 끄덕였다. 송선수는 "와!"하고 탄성으로 대답을 대신했다.

"작년 여름인가? 아마 IST 글로벌 사건 끝나고, 서너 달 지나서 했던 사건이······ 신창 저축은행 회장이 내부자 정보를 이용해서 주가 조작하다가 걸린 사건 있지?"

"알죠, 그 사건. 그 회장이란 사람이 여배우 킬러라고 뉴스에도 많이 나왔던······."

"그렇지!"
"그럼, 그 사건도, 은호 씨가······ 아니 은호 선생님이요?"

송선수의 대답에서 은호에 대한 호칭은 점점 더 격이 높아졌다. 고 계장은 어깨를 으쓱하며 눈을 지그시 감고 고개만 끄덕였다.

"아니, 아까 그 특별실에서 부장 검사님이랑 대화하는 걸 들어보면, 이번 사건도 은호 샘이…… 그리고 두 달 전 그 쌍둥이 유명 애널리스트 주가조작 사건도 그분이 한 것처럼 대화하시던데……."

"Of course!"

고 계장은 엄지손가락을 치켜세우며 대답했다.

"아니, 그럼 도대체 그분 정체가 뭐예요? 뭐 하던 사람이에요?"
"송선수. 어차피 이 사건 수사하고 기소하려면 한 2주 정도는 더 걸리잖아? 그럼, 그때까지 우리 팀에서 도와줘야 하잖아? 그러니까 앞으로 시간 많이 있으니까, 천천히 말해 줄게."

고 계장은 송선수의 어깨를 가볍게 툭툭 치면서 이제 내려가자고 했다. 송선수는 아직도 의문이 풀리지 않았는지 또다시 고개를 갸웃거리면서 고 계장을 따라 내려갔다.

말레이시아 쿠알라룸푸르(2021년 겨울) 그랜드 하얏트 호텔 연회장

말레이시아 쿠알라룸푸르 그랜드 하얏트 호텔 연회장에서는 성대한 행사가 열렸다.

연회장 맨 앞에서 한 남자가 인사말을 하고 있었다. 레오 정, 한국인으로 50대 초반의 건장하고 부와 품위가 느껴지는 외모였다.

그는 유창하지만, 발음은 좀 이상한 영어로 축하객에게 장황한 감사 인사를 했다. 레오의 뒤에는 30대로 보이는 미모의 여자가, 딸아이로 보이는 어린 소녀의 어깨에 손을 얹고, 레오를 존경과 감사의 표정으로 바라보았다.

어린 소녀 엠마의 손에는 꽃다발이 들려 있었다. 꽤 많은 선물 상자와 명품 가방은 엠마 옆과 뒤로 그득히 쌓였다.

레오는 무대에서 뒤를 돌아보며 엠마에게 '이쪽으로 오라.'는 뜻으로 사랑 가득한 미소를 담아 손짓했다. 엠마는 잠깐 엄마를 올려다보고 웃음으로 동의하고서 레오에게 달려갔다. 레오는 엠마를 두 팔로 가뿐하게 안아 올렸다.

"저의 사랑하는 딸 엠마의 초등학교 졸업을 축하해 주세요."

그러자 행사장 이곳저곳에서 기립 박수와 함께 폭죽이 터지고, 실내 악단이 흥겨운 연주를 시작했다. 연회장의 손님들은 서로 축하하면서 샴페인 잔을 부딪치거나 포옹으로 반가움을 표했다.

연회장 창밖으로 보이는 화려한 은색 '페트로나스 트윈 타워'의 불빛마저 지금 벌어지는 축하 행사의 소품처럼 보였다.

레오가 안고 있던 엠마를 내려놓자, 엠마는 연회장 안쪽의 친구에게 달려갔다. 레오는 무대 뒤에 서 있는 정희에게 다가가 포옹하고 키스했다. 정희는 그를 기쁘게 받아들였다.

"고마워요, 레오."
"사랑해, 정희."

언뜻 보아도 이들의 나이 차는 10년이 훌쩍 넘어 보이지만, 둘 사이의 사랑에는 어떤 장애도 없어 보였다.

∴ ∴ ∴

[한-말레이시아 군사협력 세미나 개최]

그때는 코로나19가 발생하고 세계로 퍼져가던 때였다.

레오 정은 일군의 말레이시아 장성들을 데리고 한국을 방문했다. 명분은 '한-말레이시아 군사협력 세미나'이지만, 레오 정은 한국의 군사 무기를 말레이시아에서 수입하는 절차를 중계하면서 이권을 챙기기 위한 사전 작업의 일환이었다.

행사는 이미 하루 전에 끝내고 말레이시아 군 장성들은 곧바로 본국으로 돌아갔다.

레오 정은 서울에 남아 국방부 청사에서 행사 관계자들과 마무리 인사를 하고 다음 날 출국을 위해 숙소가 있는 남산으로 향했다.

레오 정 일행의 검은색 벤, 두 대의 차량은 부촌(富村)인 이태원 길을 따라 하얏트 호텔 쪽으로 오르고 있었다.

차량이 서행하면서 골목길을 우회전할 때였다. 갑자기 어린아이를 안고 뛰어 내려오던 한 여인이, 선두로 가던 레오 일행의 차량에 부딪히고 말았다.

그 여인은 차량에 부딪혀 몇 바퀴를 바닥에 구르면서도 어린아이의 머리를 온몸으로 보호했다. 선두 차량에 타고 있던 레오의 수행원들은 놀라 급히 차에서 내렸다. 레오는 뒤차 안에서 상황을 지켜봤다.

레오의 수행원은 우선 쓰러진 여인을 살폈다. 어린아이는 다행히 큰 부상은 없어 보였다. 쓰러진 여인을 흔들어 보았다. 쓰러진 여인은 어린아이의 발목을 손으로 꼭 잡고 있었다.

그때였다. 골목 위쪽에서 똑같은 비취색 유니폼을 입은 건장한 남자들이 달려 내려왔다. 비취색 유니폼의 남자들은 쓰러진 여인의 주위에 있던 레오 정의 일행을 몸으로 강하게 밀쳐냈다.

 그리고는 여인의 손에서 어린아이를 떼어내려 했다. 쓰러진 여인은 강하게 버텼다. 그때 레오 정이 차에서 내렸다.

 "이것 보세요! 여기 여자분이 쓰러져 있지 않습니까. 우선 병원으로 갑시다."
 레오는 비취색 남자들에게 제안했다.

 그때 비취색 남자 하나가 어린아이의 발목을 필사적으로 잡고 있던 여인의 팔목을 힘차게 밟았다. 여인은 어린아이를 놓고 말았다. 또 다른 비취색 유니폼의 남자 하나가 어린아이를 여인으로부터 빼앗아 안았다.

 "당신들 지금 쓰러진 여자한테 무슨 짓이야!"
 레오 정이 소리치자, 비취색 남자들은 더욱 공격적으로 나왔다. 레오 정을 향해 날카로운 주먹이 날아왔다. 레오 정은 가볍게 피해냈다.

그러자 슈트 차림의 레오의 수행원들이 모두 차량에서 내렸다. 레오는 우연히 골목 위쪽을 보았다. 그곳에는 양복을 입은 대머리 남자 하나와 또 다른 비취색 유니폼의 네 명의 남자가 이 장면을 보고 있었다.

대머리 남자가 지시하자 네 명의 남자가 모두 레오 쪽으로 뛰어 내려왔다.

"악!"
비취색 남자 하나가 단도(短刀)로 레오의 심장을 겨눴다. 레오의 본능적인 빠른 몸놀림에 칼은 다행히 어깨를 찔렀다. 레오의 눈빛은 붉은색으로 변했다. 레오는 자신의 수행원들에게 지시했다.

"이 새끼들 다 털어내!"

비취색 유니폼의 남자들은 훈련으로 다진 몸처럼 보였으나 레오의 수행원들은 그보다 몇 수 위였다. 이태원의 부촌(富村) 골목길은 어느새 격투장으로 변했다.

비취색 유니폼의 남자들이 하나둘씩 실신해 나가떨어

졌다. 이 장면을 지켜보던 골목 위쪽의 대머리 남자는 쓰러진 일행을 그대로 놔둔 채 더 위쪽으로 줄행랑쳤다.

레오의 일행은 쓰러졌던 여인과 어린아이를 레오가 탄 차량에 태우고 급히 그 현장을 벗어났다.

레오는 전화로 누군가에게 도움을 요청했다. 그리고 그들은 남산 숙소가 아닌 다른 곳으로 향했다. 그들이 도착한 곳은 평창동의 어느 저택이었다.

출장 의사의 검진 결과 레오와 여인의 부상은 크지 않았다. 어린아이도 놀란 것 외에는 별다른 부상이 없었다.

그렇게 하루가 지난 아침에 레오 정과 여인은 찻잔과 함께 거실 테이블에 마주 앉았다.

여인은 레오에게 간절히 도움을 구했다.
"어디든 좋아요. 제발 저희를 살려주세요. 제 딸아이와 함께 살 수 있도록만 도와주세요."

그녀의 이름은 최정희라고 했다. 그녀는 어느 사이비종

교 집단에 의해서 오랜 시간을 감금된 것과 다름없는 생활을 하고 지냈다.

사이비 교주의 안전 가옥인 이태원 부촌(富村)의 어느 집에서, 감시가 느슨해진 틈을 이용해 딸과 함께 탈출했다.

레오는 몇 시간의 긴 대화를 끝내고 이 여인과 함께 말레이시아행을 결심했다. 한나절을 어디론가 많은 곳에 전화했다. 그리고 자신과 함께 움직이는 수행원들에게 여러 가지를 지시했다.

이틀 후 모든 출국 준비를 끝냈다. 이들은 검은색 벤 1대와 세단 1대에 나눠 타고 평창동을 떠나 인천 공항으로 향했다.

출국장에 도착한 레오 일행은 서둘러 발권을 마치고 입국 심사를 통과할 때였다. 어디선가 커다란 접시가 깨지는 듯한 남자의 목소리가 들렸다.

"야! 저것들 다 잡아!"
이태원 골목 언덕에서 레오 일행의 싸움을 지켜보던 대

머리 남자였다. 대머리 남자는 대여섯 명 정도의 또 다른 비취색 유니폼 남자들을 이끌고 여인과 함께 있는 레오의 일행을 추격했다.

레오 일행은 모두 입국 심사를 통과했고 탑승구를 향해 달렸다. 대머리 남자와 비취색 남자들도 출국 심사를 서둘렀지만, 일반 승객들의 항의로 여의치 못했다.

레오는 '말레이시아 항공(Malaysia Airlines)' 탑승구 앞으로 달리면서도 어디론가 계속 전화했다. 레오 일행이 탑승구에 도착하자 말레이시아 항공 고위직 임원이 나와 있었다.

그리고 아직 탑승 개시가 30분가량 남았음에도 고위직 임원은 레오 일행을 비행기 안으로 안내했다.

그렇게 레오 일행은 모두 말레이시아 쿠알라룸푸르로 가는 비행기의 일등석에 무사히 자리할 수 있었다.

 비행기가 활주로를 떠나 한 시간쯤 지나서 안정된 항로에 들어섰을 때였다. 수행원 한 사람이 레오의 귀에 대고 속삭였다.

 레오는 자리에서 일어나 수행원을 따라갔다. 그리고 커튼을 살짝 열고 이코노미석 쪽을 보았다.

 손가락으로 뭔가를 가리키면서 숫자를 셌다. "하나, 둘, 셋, 넷, 다섯, 여섯…." 그러고는 알 수 없는 미소를 지었다.

 이코노미석 맨 뒤쪽에 비취색 유니폼의 남자 여섯 명과 대머리 남자가 타고 있던 것이다. 레오는 항공기 보안 책임자를 불러 무엇인가 지시했고, 보안 책임자는 연신 고개를 끄덕였다.

6시간 30분의 비행 후, 쿠알라룸푸르 공항에 무사히 착륙했다. 그리고 일등석 레오의 일행들이 먼저 비행기에서 내렸다. 항공기 보안 관계자는 이코노미석 승객들이 내리는 것을 고의로 지연시켰다.

레오 일행은 쿠알라룸푸르 공항 입국 심사대 쪽을 향해서 잰걸음으로 움직였다. 입국장 쪽에서 공항 보안요원들과 의료진 복장의 무리가 레오를 스쳐 지나갔다.

그러더니 통로 중간에 코로나바이러스 감염증(COVID-19) 검색대를 급히 설치했다.

그 장면을 지켜보던 레오의 걸음은 한숨을 돌린 듯 조금씩 속도가 느려지고 여유를 찾는 듯했다. 형식적인 입국 심사를 마친 레오 일행은 공항 밖으로 나왔다.

공항 앞에는 레오의 또 다른 일행이 정장 차림으로 기다리고 있었다. 그들은 레오를 향해 깍듯이 인사하고 레오와 여인, 그리고 어린 여자아이를 대기하던 검정 해머리무진에 태웠다. 그리고 서서히 공항을 빠져나갔다.

공항 안의 복도에 급히 설치된 코로나바이러스 감염증(COVID-19) 검색대 주변의 공항 보안요원들과 의료진은 미리 출력한 인물 사진을 꼼꼼히 살폈다.

비행기에서 내려 서둘러 달려오는 비취색 유니폼 일행과 대머리의 남자를 확인했다. 공항 보안요원들은 호루라기를 불면서 그들을 불러 세웠다.

대머리 남자와 비취색 유니폼의 일행은 코로나바이러스 감염증(COVID-19) 검색대 앞에 섰고, 멀어져 가는 레오의 일행을 바라보고만 있어야 했다.

대머리 남자와 비취색 유니폼의 일행은 자신들을 멈춰 세운 공항 보안요원들을 향해서 서툰 영어로 손짓과 발짓을 섞어가며 거칠게 항의했다.

그들의 저항이 거칠어지자, 공항 보안요원이 추가로 배치됐다. 그러고는 대머리 남자와 비취색 유니폼의 일행에게 강제로 코로나 검사를 진행했다.

 대머리 남자와 비취색 유니폼의 남자 6명은 모두 '코로나 양성!'

 코로나 검사에서 양성 판정을 받은 대머리와 여섯 남자는 택배로 배송할 물건처럼 비닐 항균복에 겹겹이 포장되었고, 코로나 격리자 호송을 위한 버스에 태워졌다.

 이들은 쿠알라룸푸르 변방 군부대 병원의 격리동에 수용됐다. 그리고 2주가 흘렀다. 2주간의 코로나 격리가 끝나갈 무렵 군 병원의 간부가 대머리 남자에게 찾아왔다. 대머리 남자는 마치 걸인의 모습을 하고 있었다.

 "한국으로 돌아가겠습니까? 아니면 코로나 검사를 한 번 더 받아보겠습니까?"

 타국 땅에서 2주간 격리되어 마치 걸인의 모습이 된 대머리 남자는 대답할 기운조차 없었다.

 그러자 군 병원 간부는 대머리 남자를 향해 비웃으며

쐐기를 박았다.

"코로나 검사를 한 번 더 하면 당신은 무조건 다시 양성이 나올 겁니다."

그렇게 대머리 남자와 비취색 유니폼의 남자들은 한국으로 돌아갔다.

다시 2022년 3월 22일
'조율사(調律寺)' 요사채

세 사람이 회포를 풀던 조율사(調律寺) 요사채의 술과 음식 그릇은 단출해지고, 마치 2차로 자리를 옮긴 듯 테이블도 깨끗해졌고 분위기도 바뀌었다. 그리고 세 사람의 대화 내용도 달라졌다.

"이쯤에서 고 계장님이, 조율사에 온 이유를 말씀해 주시죠."
은호가 한 잔을 비우더니 먼저 말을 꺼냈다.

"그래 은호 씨. 그래야지……."
송선수는 답을 알고 있지만, 빈 잔에 술을 채우기만 했다.

"은호 씨, 오해 없이 들어 줘……."
"제가 고 계장님을 오해할 이유가 없죠."

"은호 씨, 일단 잠깐 외국에 나가 있는 게 좋겠어."
"외국? 외국, 어디요? 제가 왜요?"
은호는 정말 몰라서 묻는 듯했다.

"은호 씨, 이제 검찰 국가야……. 대통령이 검사 출신이야……."

"은호 쌤이 많이 괴롭히기는 했죠. 검사들……."
송선수가 고 계장의 말을 거들었다.

"고 계장님, 제가 무슨 특별한 죄를 지었나요? 뭐 정보 보고한 게 있어서 그런가요?"

"은호 씨, 검사들 누구보다 잘 알잖아. 은호 씨가 그동안 세상에 알려온 게 검사가 누구 죄가 있어서 잡아넣은 사건이야? 검사가 찍으면 탈탈 털어서 다 죽이고, 예쁘면 예쁘게, 잘 꾸며서 덮어 주고…… 그거잖아."

"윤영모 총장으로서는 은호 쌤 때문에 요단강 나루터를 몇 번 갔다 오긴 했죠. 특히 윤 총장 마누라 주가조작 사건……. 그거 오싹했을 거예요. 윤 총장, 아니 이제는 윤 각하라고 불러야 하나요?"

송선수는 은호의 눈치를 보면서 웃고 말하지만 제법 진지했다.

"동기 하나가 이번에 대검 사무국으로 갔어. 아직 대통령 취임도 안 했는데, 벌써 대검 범죄정보 기획관실에서 리스트를 만들고 있대……. 은호 씨가 1순위야."

"제가 뭐 그리 대단하다고 그래요? 지방, 여기 부산에서 숨죽여 사는데……."
은호가 깊은 한숨을 쉬었다.

"검사 정권에서 은호 씨는 꼭 손보고 싶은 인물일 거야. 마치 시한폭탄 같은 존재니까……. 괴롭히고 싶을 거야.

이미 고발 전문가가 지난주에 은호 씨 고발장을 대검에 제출했어."

고 계장은 털어놓듯 말했다.

"고 계장님, 윤 총장이 대통령으로 취임하면 저랑 친했던 것이 알려질까 봐, 그래서 혹시 인사상 불이익을 받을 것 같아서 그러시는 것은 아니죠? 황우 부장도 윤영모가 총장이 되고 나서부터는 계속 지방만 돌았다고 하던데요."

"은호 씨, 난 이미 사무관(검사 대우)까지 달았어. 더 올라갈 데도 없고 이대로 옷 벗고 나가도 돼. 어디 로펌(Law Firm)에 가도 먹고사는 데는 아무런 문제 없어. 그리고 나도 검찰 식구야. 은호 씨도 알잖아. 식구는 잘 안 건드리는 거. 오해는 하지 마."

은호는 너무 갑작스러운 일이라 믿기지 않았다.

"맞아요, 은호 쌤. 고 계장님 잘 아시잖아요. 쌤 생각해서 말씀하시는 거예요. 제 생각도 일단 소나기는 피하는 것이 좋을 듯해요, 쌤."

송선수는 말을 끝내고, 고개를 돌려 고 계장을 바라보았다.

"고 계장님. 근데 꼭 외국으로 나가야 해요? 음…… 광주, 전라도 광주 같은 데 가서 좀 숨어 있으면 안 될까요? 그래도 광주잖아요. 군사독재도 함부로 못 했던……."

송선수의 의식 속에는 '광주'라는 도시가 누군가 억압받고 억울한 사람을 보호해 줄 수 있는 곳으로 자리하고 있었다.

"송선수, 이제 검찰 국가야. 거기도 검사가 득실거리는 광주지검이 있어."
"아, 맞네……. 광주지검."

이때 요사채 안방 미닫이문이 열렸다.

"그래, 호야. 저 아재 말 듣고 나가 있으라 고마. 머리 식힌다 생각하고 나가 있으라. 여는 걱정말고. 개안타 호야! 이제 법전 들고 설치는 도둑놈들 세상 아이가……."

대화를 듣고 있던 은선 스님이 방에서 나오며 타이르듯 은호에게 말했다.

 은호는 빈 잔에 스스로 술을 한 잔 가득 따라 들이키고는 접시 위의 생선을 한입 집어넣고 우걱우걱 씹었다. 그걸 옆모습으로 지켜보고는 은선 스님은 부처님이 있는 거실 법당으로 나갔다.

2. 미로(迷路)

2017년 늦봄 어느 날
서울 남부구치소

주가조작과 기업 범죄를 전문적으로 수사하는 부서는 원래 서울중앙지방검찰청(서울지검)에 있었다.

그러던 것이 2014년 금융·증권 중점 수사 검찰청으로 서울남부지방검찰청(남부지검)을 지정하면서 남부지검에 금조부(금융범죄조사부)를 설치했다.

또한 남부지검의 담당이 여의도 증권가를 포함하고, '증권 범죄 합수단'을 설치하면서 남부지검은 '여의도 저승사자'라는 별칭을 얻기도 했다.

수십억, 수백억, 수천억 원에 이르는 기업 범죄나 주가조작 범죄 사건이 남부지검으로 한꺼번에 몰리면서, 일명

'범털'[6] 이라고 불리는 범죄 혐의자도 남부구치소(서울 남부구치소)로 몰려들었다.

이 남부구치소의 5동 하층에는 독방만 있다. 독방은 '징벌적 독방'[7] 과 '비징벌적 독방'[8] 으로 나뉘는데, 이곳은 25개의 비징벌적 독방이 있다.

5동 하층은 고위 공무원이나 정치인, 사회적 이슈가 큰 범죄 혐의자를 수용하거나, '범털'이 일반인과 함께 수용되는 '혼거실'에서 생활하는 것이 불편하여 오는 경우가 대부분이다.

그만큼 '5동 하층'은 수요가 많아서 이곳에 오기 위해 종종 구치소 외부의 국회 법사위원, 교정국이나 검사실을 통해서 로비까지 벌이기도 한다. 5동 하층의 독방은 1방

....

6) 돈 많고 배경 좋은 죄수.
7) 구치소 내에서 폭행이나 또 다른 범죄를 저지른 수용자의 징벌을 위해서 별도로 가두는 1인실.
8) 사회적으로 큰 이슈인 사건이나 정치인, 재벌 총수 등을 개별적으로 관리하기 위한 독방으로, 남부 구치소의 독방은 다른 구치소의 독방과는 달리 '호텔'이라고 불리기도 한다.

부터 25방까지 스물다섯 개다.

 독방의 크기는 어른 손의 뼘으로 현관문에서 맞은편 창문까지 열한 뼘, 입구 쪽 너비가 일곱 뼘이다. 0.4평 정도에 화장실을 포함한다.

> **독방 정물**
>
> — 은호
>
> 가로 일곱, 세로 열한 뼘의
> 자력(磁力) 없는 우주
>
> 한 줄로 쌓아 올린 읽힌 책들
> 공전(公轉)을 멈춰 버린 희망과 정돈된 절망
>
> 찢어진 슬리퍼 한 켤레가 놓인 그곳에
> 숨 쉬는 주검 하나.

 은호는 그곳에 있었다. 은호의 방은 25번 방, 제일 끝방이다. 금조부 수사를 하는 은호를 위해서 특별히 남부지검장이 남부구치소장에게 공문으로 요청했다. 그리하여 은호는 그 어렵다는 남부구치소 5동 하층의 독방에 들어간 것이다.

그만큼 은호의 25번 방은 특별했다. 교도관들은 매일 세 번씩 점검하는데 1번 방부터 시작한다. 입구에서 "각 방 점검 준비!"라는 소리가 들려도 은호는 서두르지 않고 점검을 준비할 수 있었다.

점검하는 교도관도 대부분 25번 끝방은 얼굴만 삐죽 보이면서 은호와 눈을 마주치는 것으로 마무리했다.

"점검 끝!"

5동 하층에는 테니스 코트 반쪽 정도 크기의 운동장이 있다. 이곳에서 평일에는 30분가량 운동하는데, 그 운동장으로 나가는 문도 은호의 25번 방 바로 앞에 있다.

그러니 운동시간에는 가장 먼저 나갈 수 있고, 운동시간이 끝나면 가장 먼저 들어올 수 있다.

은호가 배 변호사를 처음 만난 날은 남부지검으로 출근하지 않는 날이었다. 그날 은호는 천장을 바라보고 누워서 편하게 책을 보고 있었다. 복도에서 누군가 걸어오는 발소리가 들렸다.

"형님, 변호사 접견이 왔는데요?"

사동 봉사원[9] 철이가 접견 쪽지[10]를 들고 와서 은호에게 말을 건넸다. 은호는 누워서 계속 책을 보면서 말했다.

"변호사 이름이 누구냐?"
"배채움? 형님, 배채움 변호사라고 쓰여 있는데요?"

은호는 그제야 몸을 일으켜 책을 내려놓고 철이가 건네준 접견 쪽지를 받아 들여다보았다.

"배채움? 누구지? 누가 보냈을까? 모르는 변호산데?"

---

9) 모범수나 형기가 얼마 남지 않은 재소자 중에서 선발하여 교도관의 잡일을 돕거나 재소자 배식을 도와주는 사람. 과거에는 사소, 소지로 부르기도 했다.
10) 지인이나 변호사가 해당 재소자를 면회(접견)할 때, 구치소 행정국이 재소자에게 누가 왔는지 알리려는 방법으로 면회 신청자의 이름을 쓴 작은 종이.

사동 도우미 철이는 익숙한 듯 은호의 방 앞에 있는 신발장에서 신발을 꺼내어 신기 좋게 가지런히 은호의 방 앞에 놓는다.

남부구치소 변호사 접견실은 책상 하나를 가운데 경계로 두고, 외부에서 들어온 변호사와 구치소 수감자가 마주 앉는 구조다. 이런 방이 15개 줄지어 있었다.

"은호 씨? 8호실."

한 교도관이 변호사 접견 대기실에 앉아 있던 은호에게 미소를 지으면서 친절하게 호실을 알려줬다.

은호는 고맙다는 목례를 가볍게 하고 변호사 접견실로 들어갔다. 미리 와서 앉아 있던 뺀질뺀질하게 생긴 사내가 의자에서 일어나며 은호를 맞았다.

"아…… 은호 씨? 아이고 반갑습니다. 저는 배채움 변호사라고 합니다."

은호는 그가 건네는 명함을 받아 들고 그의 전체 모습

을 스캔하듯 관찰했다.

 마른 체격에 외모는 특이했다. 얼굴에는 분 화장을 한 듯하고 몸에 딱 붙는 슈트에 넥타이 대신 화려한 스카프를 매고 있었다. 보기 드문 스타일이었다. 그것도 변호사가…….

 건네받은 명함의 뒤쪽을 보니 시간은 좀 흘렀지만 화려한 전관 변호사였다. 부산지방법원 판사, 대전고등법원 판사, 서울고등법원 판사, 서울중앙지방법원 부장판사 등……. 법무법인 채움 대표 변호사 배채움.

 "자자, 은호 씨, 일단 앉으시죠. 앉아서 말씀드리겠습니다."
 "어떻게 저를 찾아오셨나요? 혹시 누가 저를……."

 "아…… 놀라셨죠? 이렇게 만나게 돼서 정말 반갑습니다. 하하하."

 억지로 웃는 그의 얼굴에는 잔주름이 가득했고, 주름이 깊은 쪽은 화장이 먹지 않아 거무스름한 살빛 줄이 보였다.

"어떻게 오셨나요?"

은호는 무표정하게 한 번 더 물었다.

"어렵게 물어물어 찾아왔습니다. 제 연수원 동기나 후배 중에서도 검사 출신이 많은데……. 은호 씨에 관한 소문이 대단하더라고요. 푸른 수의의 진정한 여의도 저승사자! 하하하."

은호는 배 변호사의 말을 이해하지 못하겠다는 듯 물었다.

"무슨 말씀인지 잘 모르겠네요. 어떤 변호 때문에 오신 것 아닌가요?"
"아, 아닙니다. 그냥 좀 찾아뵙고, 부탁도 좀 드리고……. 하하하."

"부탁이라뇨. 이렇게 구속돼서 갇혀있는 제가 변호사님께 뭘 도와드릴 수 있을지……."

은호는 양손을 들어 보이며 자신이 입고 있는 푸른색의 수의를 배 변호사에게 더 부각했다.

"아이고, 뭐 이리 서두르세요. 제가 남부지검에 다 알아보고 왔어요. 오늘은 휴무 시라고요. 잠깐만요, 제가 커피 한 잔 뽑아 오겠습니다."

변호인 대기 사무실 커피 자판기는 변호사만을 위한 것이어서 그들은 마음대로 커피를 뽑아 마실 수 있지만, 수감자는 마실 수 없다. 하지만 교도관이 일일이 감시하지 못하는 틈을 이용해 변호사가 건네는 커피를 종종 몰래 마시기도 했다.

그가 건네준 커피를 반 잔쯤 마실 때까지 서로 아무 말이 없었다. 은호가 먼저 말을 건넸다.

"제게 부탁할 일이 뭐죠? 제가 도와드릴 일이……."
"네, 그럼 염치 불고하고 말씀드리겠습니다."

배 변호사는 가방에서 서류 파일을 꺼내서 은호 앞에 펼쳐놓기 시작했다.

"이 서류들 좀 봐주세요. 이 서류는요. 코스닥 우미 바이오라는 회사 자료인데요. 이 회사가 분명히 주가조작을 했거든요! 그리고 횡령도 많은데, 제가 봐서는 잘 알 수가 없어요. 그런 부분을 구체적으로 은호 씨가 파헤쳐주면 좋겠습니다."

은호는 배 변호사가 건네는 자료를 한참 들여다보고 말한다.

"이런 일을 변호사님이 왜 제게······."
"그래서 제가 물어물어 이렇게 찾아오지 않았습니까? 하하하."

은호는 대답 없이 서류를 뒤적이고 있었다. 배 변호사가 보여주는 자료는 사건을 시작하기에 충분했다.

"은호 씨, 한번 도와주세요. 제가 어떻게든 사례를 하겠습니다."
"이 정도 서류면 변호사님이 직접 고발하셔도 되겠는데요?"

"이 자료가 그 정도예요? 정말 그래요? 아····· 하지만 주가조작, 기업 범죄 이런 분야는 제가 변호사지만 대부분 뭐가 뭔지 잘 몰라요. 까막눈이에요."

"배 변호사님 이력을 보면 판사로서도 화려하시던데…… 이런 사건 재판도 하시지 않았나요?"

"저도 판사 할 때 서너 번은 해 봤지만…… 재판이야 뭐 검사가 다 증거물이나 자료도 주고 설명해 주고 법 조항 다 기록해 주고 그러니까…… 사실은 잘 몰라요. 하하하."

배 변호사는 손사래를 치면서 말했다.

은호는 그런 그를 보면서 다시 한번 생각하는 것이지만, 대한민국의 법이 이런 사람들에 의해서 수사가 되고 판결이 나서 기록되어 진다는 현실에 한심함을 느꼈다.

의학은 충분히 분야가 나뉘어 있다.

내과, 외과, 정형외과, 성형외과, 소아청소년과 등. 하지만 법조계, 특히 변호사 업계는 그렇지 않다. 변호사 자신들도 너무나 잘 알고 있지만 침묵하고 있다. 법률 소비자는 변호사가 어떤 사건에도 전지전능하다고 믿는다. 아니 그렇게 속고 있다. '변호사는 무슨 사건이든 다 잘 알고 있을 거야.' 이렇게.

그러니 대한민국 법률시장을 의학계에 비유하자면, 성형외과 의사가 소아청소년과 진료를 맡고, 치과 의사가 내과 수술도 하는 지경과 같다. 그 피해는 온전히 법률 소비자인 시민에게 돌아가지만, 모두 침묵한다.

"은호 씨, 단도직입적으로…… 이놈만 좀 잡아 주십쇼! 이 우미 바이오 오너 홍상원! 이놈만 좀 여기로 골인시킬 수 있게 도와주세요. 제가 어떻게든 충분히 보상하겠습니다! 하하하."

은호는 그가 우미 바이오 오너 홍상원과 어떤 관계일까를 생각했다. 금전으로 인한 원한 관계일까? 도대체 어떤 관계여서 변호사라는 사람이 여기까지 찾아와서 이런 부탁을 할까 궁금하기도 했지만, 그것은 묻지 않았다.

"한번 고민해 보겠습니다. 이 서류는 제게 주셔도 되나요?"

"네네 그럼요. 드리려고 가져왔습니다. 꼭 좀 도와주세요. 그리고 그냥 빈손으로 오기는 그래서 미리 영치금 쪼금 아주 쪼금 넣고 왔습니다. 하하하."

"영치금이요? 아닙니다. 그러시면 안 됩니다."
"아이고 참. 걱정하지 마세요. 탈 안 납니다. 같이 온 운전기사 이름으로 넣었어요. 참 저도 그 정도 눈치는 있습니다. 하하하."

은호는 순간 당황했지만, 우선 사건에 더 관심이 가기 시작했다.

"은호 씨, 내일은 남부지검 출근하세요?"
"네……. 내일은 사무실에 가야 합니다."

"그럼, 은호 씨가 남부지검에 출근하는 날은 어떻게 연락하죠?"

은호는 잠시 고민하다가, 배 변호사의 볼펜을 받아 종이에 전화번호를 적어 건넸다.

"아……. 여기가 은호 씨가 일하는 남부지검 사무실인가요? 오, 휴대전화 번호도 있네요?"

"네, 제가 쓰는 방 전화번호예요. 휴대전화로 하셔도 됩니다."

"역시 은호 씨, 대단하시네요. 사무실 번호에 휴대전화까지……. 하하하."

은호는 서류를 챙겨서 다시 5동 하층으로 돌아왔다. 그날 오후 모르는 남자로부터 영치금 300만 원이 들어왔다는 영치금 통지 쪽지를 받았다. 접견물(음식물)[11] 도 넣을 수 있는 한도치까지 들어왔다. 배 변호사 쪽에서 넣은 것으로 생각했다.

"철이야!"
은호는 사동 도우미를 불렀다.

"이것 니들끼리 나눠 먹어라. 저 1번 방 남윤이 아저씨도 좀 드리고."

---

11) 면회 온 외부인이 재소자에게 사주는 음식과 생활용품

"넵, 형님. 감사합니다!"

다음날, 은호의 남부지검 금조부 '특별실'.

은호는 어제 배 변호사로부터 건네받은 서류를 펼쳐놓고 컴퓨터 모니터를 보면서 우미 바이오에 관한 조사를 하고 있었다.

우미 바이오 오너 홍상원. 이 사람의 부인은 나름 유명한 중년 탤런트이고, 이 두 사람의 결혼에도 이미 많은 기사가 있다.

우미 바이오는 바다의 해초에서 특정 물질을 추출해서 치매 치료제를 개발하고 있다는 재료로 주가조작을 진행한 것으로 보였다.

배 변호사가 건네준 자료 안에는 내밀한 회사 자료도 있었다. 배 변호사는 이런 자료를 어디서 구했을까? 왜 홍상원을 치려고 하는 것일까?

은호가 우미 바이오의 사건 파일을 만드는 데는 채 일

주일이 걸리지 않았다.

'은호의 특별실'에서 은호는 고 계장과 마주 앉았다. 고 계장은 은호가 건네준 출력 서류를 들춰 보면서 말했다.

"은호 씨, 이건 또 언제 팠대요? 어? 탤런트 남궁희 남편이네?"

"맞아요, 홍상원. 검증되지 않은 치매 치료제를 펄[12] 로 사용해서 주가조작을 했어요. 횡령 금액도 꽤 큽니다. 횡령은 우미 바이오의 자회사를 통해서 빼거나, 다른 페이퍼 컴퍼니에 법인 출자 방식으로 뺐어요. 마지막 장에 횡령 금액을 따로 정리해 놨어요."

"와우! 은호 씨, 이거 검사님들이 꽤 좋아하겠는데요?"
"좋아하시겠죠. 유명 연예인에다가 그렇게 수사하기 힘들다는 바이오 회사 사건이니……."

"그런데 은호 씨, 이거 우리 부서에서 할 수 있을까요? 지

....

12) 주가 부양을 위한 호재성 재료.

금 하는 사건도 이번 달까지 빡세게 해야 기소할 텐데요."

"그래서요, 고 계장님. 이 사건은 그냥 합수단(증권범죄 합수단)에 던져 줍시다. 요즘 합수단이 한가하다던데요. 고 계장님이 살짝 알아보세요."

"와, 아깝네요. 우리가 하면 차장님도 엄청나게 좋아할 텐데요. 일단 알겠어요, 은호 씨. 제가 합수단 쪽에 한번 알아보겠습니다."

2022년 3월 26일 베트남 하노이
은호

은호의 숙소는 하노이 외곽 롱 비엔(Long Biên) 역 부근의 낡은 아파트 가장 꼭대기 5층에 있다. 1층은 허름한 상가로 이루어져 있고, 2층부터 5층까지가 거주용(또는 임대용)인 아파트이다.

급하게 공유 숙박 앱을 통해서 준비한 숙소였기에 이것저것 고려할 수 없었다.

밤늦게 아파트에 도착한 은호는 옷도 갈아입지 못한 채 침대에 널브러져 잠들었다. 은호는 잠결에 몸을 뒤척이다가 침대의 삐걱거리는 소리로 잠에서 깼다.

샤워를 끝낸 뒤 담배를 입에 물고 아파트 베란다로 나갔다. 베트남은 흡연자의 천국과도 같았다. 크로스백 한쪽 주머니에서 꺼낸 메모지를 보고 구글 앱으로 주소지 위치를 대강 찾았다. 그리고 전화를 걸었다.

"여보세요, 누구신가요."
전화기 너머로 정중한 초로(初老)의 남성 목소리가 들려왔다.

"네, 안녕하세요. 한 원장님, 저는 한국에서 온 은호라고 합니다."
"아…… 엊그제 은선 스님에게 연락받았습니다. 반갑습니다."

한 원장이라는 남성은 은호가 하노이에 올 것을 미리 알고 있는 듯했다.

"언제 오셨습니까? 숙소는 잘 잡으셨나요?"
"네, 저는 어제저녁에 잘 도착했습니다."

"아, 그래도 이렇게 일찍 전화를 주실지는 몰랐습니다. 하노이에 처음 오셨을 텐데 관광이라도 며칠 하시고 전화 주실 줄 알았습니다."

"관광이라뇨…… 저, 제가 오늘 찾아뵈어도 될까요?"
"그러시죠. 그럼, 점심을 같이 드실까요? 지금 계신 곳이 어디세요? 제가 차를 가지고 가겠습니다."

"원장님 괜찮습니다. 제가 한의원 주소를 알고 있으니 찾아가겠습니다."
"찾아오실 수 있겠어요?"
"네 찾아갈 수 있습니다. 걱정하지 마세요."
"네 그러세요. 그럼 이따가 만나요."

은호는 급히 한국을 떠나오기 전에 조율사(調律寺) 주지 은선 스님으로부터 한 원장님의 연락처를 받아두었던 터였다. 은선 스님과 한 원장님의 인연을 은호는 자세히 알지는 못했다.

다만, 베트남에서는 드물게 30년 정도 한의원을 운영한다고 했으며, 혹시나 베트남에서 급한 일이 발생하면 도움을 청해도 된다고 했다.

지도를 검색해 보니 은호의 숙소에서 한의원이 있는 곳까지 거리는, 하노이 시내를 흐르는 홍강(Red river)을 가로질러 건너면 9km쯤이다. 그곳은 베트남 하노이의 한인 타운으로 알려진 미딩(Miding)이라는 지역이다.

은호는 택시를 타고 갈 수 있었지만, 시간은 아직 충분하므로 걸어서 가기로 마음먹었다.

하노이의 도로는 이미 수백 대의 오토바이가 점령해 버렸다. 드물게 안전모를 쓴 오토바이 운전자도 있었으나, 대부분은 아무런 보호장치도 없이 달렸다.

심지어 어린아이를 안고 오토바이를 운전하는 여성도 보였다. 알아들을 수 없는 음악을 크게 틀고 가는 오토바이도 있었고, 작은 오토바이에 3명이 함께 타고 다니는 광경도 볼 수 있었다.

은호는 걸으면서 거리의 소음을 피하려고 귀에 에어팟을 끼고 아무 음악이나 틀었다. 그렇게 가수 리키 쉐인(Ricky Shayne)의 〈Mamy Blue〉는 은호 귓속으로 흘러 들어갔다. 음악에 걸음을 맞추듯 마냥 걸어가면서 주변을 흘깃거리며, 간혹 노랫말에 후렴을 넣듯 흥얼거리기도 하면서 걸었다.

미딩은 외국인이 많이 사는 서울의 어느 곳과 비슷했다. 상가의 간판도 한국어로 된 것들이 많았다. '선가(禪家) 한의원'이라는 간판도 한글로 돼 있었다.

작은 문을 열고 한의원 안으로 들어서자 한지에 약재를 싸고 있던 한 원장이 대번에 은호를 알아보며 반겼다.

"어이고 잘 찾아오셨네요."
"네, 요즘은 지도 앱이 너무 잘 돼 있어요. 어렵지 않게 찾았습니다."
"잠시만 여기 앉아 계세요. 시원한 차를 한 잔 내오겠습니다."

한 원장이 오미자차를 내오는 사이, 창밖에는 마치 한

여름 장마 같은 장대비가 쏟아지기 시작했다. 한 원장은 이미 은호가 베트남에 오게 된 사정을 은선 스님을 통해서 어느 정도 알고 있는 듯했다.

빗소리와 어우러진 둘의 조용한 대화는 30분을 넘겼다. 앞으로 어떻게 할 것인지 아무것도 정해지지 않은 은호에 관해서 한 원장은 걱정과 함께 이것저것 물어보고 대책을 마련하는 중이었다.

'선가(禪家) 한의원' 한동수 원장은 오래전에 은선 스님으로부터 불경 공부를 사사 받기도 했고, 본인의 출가(出家)에 대해서도 긴 시간 상의했다고 말했다.

이야기가 끝나갈 때쯤, 은호는 크로스백에서 편지봉투 하나를 꺼내 한 원장에게 건넸다.

"스님이 이 편지는 일부러 밀봉해서 주신 거라 무슨 내용인지는 잘 모릅니다. 그냥 원장님 만나면 따로 드리라고 했습니다."

"아이고 스님도……. 뭐 나랑 연애편지 주고받을 나이

도 아닌데. 뭔 비밀이 있다고 참. 흐흐흐."

한 원장은 괜찮다는 듯 은호가 보는 앞에서 편지를 열었다.

"스님이 아직도 이 처자를 찾고 계시네요. 제가 2년 전에 부산에 갔을 때도 부탁하셔서 알아봤는데요."

은호는 한 원장 말을 이해하지 못해 듣고만 있었다.

"은선 스님이 어떤 여자분을 찾아 달라고 하시더라고요. 7~8년 전쯤 베트남에서 대학을 졸업했다고. 그래서 제가 몇 달을 수소문해 봤어요. 여기 하노이 국립대학을 다녔던 것은 확인했어요. 그런데 졸업도 하지 않고 중간에 사라졌대요. 그때 교수분이 아직도 하노이 대학교에서 근무하시는데, 그분도 기억은 하고 있더라고요. 친하게 지냈던 여자 친구가 하나 있었다는데, 그 여자 친구의 행방도 모르겠고……."

은호는 멍하니 한 원장의 얼굴만 바라보고 있었다.

"참, 은호 씨는 전혀 모르시죠?"
"네 저는 무슨 말씀인지……."

"아, 그러면 됐습니다. 제가 나중에 편지를 쓰든 전화로든 은선 스님에게 말씀드릴게요. 은선 스님이 인터넷을 안 하시니 참……. 자, 점심 먹으러 갑시다!"

쏟아붓듯 내리는 비가 잠시 멈췄고, 더운 습기가 이미 넓게 퍼져가고 있었다.

"은호 씨, 뭐 좋아하십니까? 한식, 로컬 음식?"
"저는 아무거나 잘 먹습니다. 김치만 좀 있으면……."
"그래요? 그럼, 김치 맛있는 집으로 갑시다!"

한의원 내부를 정리하고 둘은 밖으로 나섰다.

말레이시아 쿠알라룸푸르 그랜드 하얏트 호텔 연회장. 2

쿠알라룸푸르 그랜드 하얏트 호텔 연회장에서 열리는 엠마의 축하 파티는 점점 무르익고 있었다. 레오 정은 엠마의 손을 잡고 테이블을 돌아다니며 축하객에게 인사를 하고 다시 정희가 앉아 있던 헤드 테이블로 돌아오고 있을 때였다.

파티장의 보안을 책임지고 있던 파하드(아랍어-스라소니, 표범)가 귀에 꽂고 있던 이어폰에서 나오는 말소리에 표정이 변하더니 긴장했다. 파하드는 말레이족(말레이언) 출신으로 레오의 심복이다.

파하드는 민첩하게 호텔 보안실로 서둘러 움직였다. 보안실에는 이미 파하드의 부하 서너 명이 파티장의 보안 CCTV 카메라를 모니터링하고 있었다. 파티장 안의 한 중년 남자의 행동을 주시하고 있었다.

파하드는 빠른 손놀림으로 수상한 중년 남자의 영상 기록을 뒤로 돌려가면서 파티장 안에서 일어난 행적을 모니터로 살펴보았다.

그러더니 파하드는 손가락으로 보안실 테이블을 세 번 두드리는 것으로 부하들에게 무엇인가 지시했다.

부하들은 파티장 안에 남아 있는 보안요원에게 무전으로 무엇인가를 지시하면서 보안실 밖으로 뛰쳐나갔다. 파하드의 부하들은 파티장 입구 한쪽의 테이블에 앉아 있는 중년 남자에게로 다가갔다.

중년 남자가 앉은 테이블은 한국 사람이 아닌 말레이시아 손님들의 테이블이었고, 중년 남자는 같은 테이블의 손님과는 전혀 어울리지 않는 사람으로 보였다.

같은 테이블의 다른 사람 자리와는 달리, 중년 남자의 자리에는 술잔도 음식 접시도 놓여있지 않았다. 보안요원들은 중년 남성의 주위를 조용히 둘러쌌고, 한 보안요원이 그 중년 남자의 귀에 대고 정중하게 속삭였다.

"드릴 말씀이 있는데 밖으로 잠깐 나가시죠."

안경 쓴 중년 남성은 주위의 건장한 보안요원을 보고 너무 놀라서 몸을 떨기 시작했다.

"혹시 제 말이 불편하시면 조용히 재워서 들고 나가드릴까요? 아니면 그냥 따라오시겠습니까?"

중년 남성은 주섬주섬 옷과 소지품을 챙겨서 반항 없이 보안요원을 따라나섰다. 나머지 보안요원은 중년 남자가 나가는 모습을 축하객이 볼 수 없도록 주변을 둘러싸고 밖으로 움직였다. 파티장은 흥겨운 음악과 홀 중앙의 댄스파티가 한창이었다.

보안실 안의 또 다른 밀실. 이 방은 방음 시설까지 갖추고 있었고, 파하드는 이곳에서 기다리고 있었다. 파하드의 부하들이 중년 남성을 끌고 밀실로 들어왔다. 중년 남성은 작은 체구에 마치 연구소 연구원 같은 분위기의 외모였다. 파하드는 익숙한 영어로 물었다.

"누구의 초대로 파티장에 오셨나요?"

중년 남성은 떨면서 말했다.
"저는 레오 정의 친구고…… 파티에는……."

파하드는 중년 남성의 답이 모두 끝나기도 전에 다시 물었다.

"다시 한번 묻겠습니다. 누구의 초대로 파티에 오셨습니까? 한국어로 물어볼까요?"

파하드가 중년 남성에게 추궁하는 사이 보안요원 하나가 무엇인가 챙겨서 밀실로 들어왔다. 그러고는 중년 남성의 휴대전화와 소지품에서 나온 것을 태블릿 PC에 담은 자료를 파하드에게 보여주었다.

수상한 중년 남성은 파티장에서 레오의 여자, 정희와

엠마의 행동 하나하나를 집중적으로 촬영하고 있던 것이다. 휴대전화는 물론 손가방 안의 몰래카메라에서도 정희와 엠마의 영상이 쏟아져 나왔다.

정희가 파티장에 들어서는 장면부터 엠마를 안고 있던 모습과 레오와 키스를 나누는 장면까지, 파티장 안에서 정희의 일거수일투족을 모두 카메라에 담고 있었다.

파하드는 급하게 파티장으로 들어가서 수상한 중년 남성에 관한 상황을 레오에게 귓속말로 보고했다. 레오는 파하드로부터 심각한 상황을 보고 받았음에도 사랑스러운 눈빛과 표정은 흐트러짐 없이 정희를 향하고 있었다.

파하드의 보고를 모두 듣게 된 레오는 잠시 고민하는 듯하다가, 아무것도 묻어 있지 않은 정희의 파티복 어깨 쪽을 손으로 쓸어내듯 털었다. 정희의 몸에는 아무것도 묻어 있어서는 안 된다는 듯 반복해서 쓸어냈다.

파하드는 레오의 행동에서 명령을 알아차린 듯했다. 레오에게 목례하고 다시 보안실로 향했다.

파하드는 밀실에 도착하기도 전에 무전으로 부하들에게 지시했다. 그리하여 밀실에 무릎을 꿇고 있던 중년 남성의 목뒤로는 커다란 주사기가 3개나 꽂혀 있었다.

파하드의 부하들은 흐느적거리는 중년 남성의 옷을 모두 벗기고 나서 이미 주검이 된 중년 남성의 시체를 두껍고 커다란 비닐봉지에 담았다.

비닐봉지에 파티장 주방에서 가져온 바나나와 각종 과일을 함께 넣었다. 비닐봉지를 다시 두 겹의 큰 헝겊 가방에 담았고, 헝겊 가방은 두툼한 골판지 박스로 포장했다.

3. 원초적 계약

 은호가 사건 파일을 고 계장에게 전달한 지 불과 열흘도 안 돼 속보가 떴다. 그 사건을 파헤친 은호는 내심 흡족했으나 그 속도에는 깜짝 놀랄 지경이었다.

 [속보] 서울남부지검 증권범죄 합수단, '우미 바이오 홍상원 회장'을 주가조작 등 자본시장법 위반 혐의로 구속영장 청구. 내일 서울남부지방법원에서 영장 실질 심사.

 그날은 '금조부 특별실'에서 늦게까지 사건 파일 작업을 마치고 은호가 구치감으로 내려왔던 날이다.

 늦은 시각이라 다른 재소자는 이미 구치소로 돌아가고, 검사실에서 늦게 조사를 마친 한 사람 정도만 마지막 호송 버스를 기다리고 있었다.

 구치감 야간 담당자 신 주임이 은호의 방 앞으로 다가가서 친절하게 속삭였다.

"은호 씨, 조금만 기다렸다가 들어갑시다. 오늘 영장 실질 심사받는 사람이 두 명 있는데 곧 끝나요."

서울남부지검 1층에는 구치감이 있다. 구치감은 검찰청 내부에 있는 작은 구치소와 같은데, 구치감의 역할은 여러 가지가 있다.

구속되어 남부구치소에 갇힌 피의자가 다시 검찰 조사를 받기 위해 호송 버스를 타고 검찰청에 도착하면 일단 1층에 있는 구치감에 들어가서 대기해야 한다.

그렇게 구치감에 대기하다가 해당 검사실에서 호출하면 포승[13] 줄로 묶인 채 교도관과 함께 검사실로 올라가 조사받는다.

그리고 검사실에서 조사를 마친 피의자들은 다시 구치감으로 내려와서 대기하고 있다가 호송 버스를 타고 남부구치소로 돌아간다. 이런 과정을 '검찰 출정'이라고 한다.

---

13) 재소자의 행동을 제한하기 위해 포박하는 행위.

은호 역시 금조부의 사건들이 바쁘지 않으면 보통 일주일에 3일은 이 출정 과정을 통해서 검사실로 출퇴근했다.

서울남부지검 구치감은 남부구치소의 독방보다 1.5배 정도 넓다. 그런 방들이 다섯 개가 있고, 그중 1번 방은 여자 수용자용이고, 나머지는 모두 남자 수용자용 방으로 구성되어 있다.

이밖에 다른 용도로도 구치감이 사용된다. 불구속 재판을 받던 피고인이 재판 결과 유죄 선고를 받고 법정 구속될 때도 구치감으로 와서 대기하고 있다가 다른 재소자들과 함께 구치소로 들어가 수감된다.

또한 어떤 피의자가 검찰에 의해서 구속영장이 청구되고, 재판부에서 영장 발부에 대한 '구속영장 실질심사'를 받게 되면, 영장이 발부 여부가 결정될 때까지 피의자는 구치감에서 대기하기도 한다.

구속영장이 기각되면 그 자리에서 다시 석방되고, 구속영장이 발부되면 호송 버스를 타고 남부구치소로 들어간다.

구치감 2번 방 쪽에서 남자 목소리가 들렸다.

"김 전무! 우리 영장 기각되는 거 맞지! 김 전무!"
"네 회장님! 아침에도 박 변호사가 검사장과 통화했다고 했어요. 회장님 조금만 결과를 기다려 보시죠."

바로 옆방에서 또 다른 남자가 보고하듯 대답했다.

"뭐야 당신들! 누가 통방[14] 하라고 그랬어요! 조용히 하세요!"
신 주임이 신경질 내면서 그들 방 앞으로 갔다.

"홍상원 씨! 여기가 당신들 사무실이야? 여기서 공범끼리 서로 대화하면 안 돼요! 조용히 하세요. 금방 결과 나오니까. 영장 기각되면 밖에 나가서 실컷 대화하면 되잖아요! 피곤해 죽겠는데 정말……."
"네……. 아이고 죄송합니다. 교도관님, 조용히 하겠습니다."

---

14) 구속된 재소자 간에 나누는 대화. 이것은 교정 규칙상 금지되어 있다.

구치감 안에서 신 주임과 그 남자들의 대화를 듣고 있던 은호는 구치감 다른 방에 있는 그들이 오늘 구속영장 실질 심사를 받은 우미 바이오 홍상원 회장 일행임을 짐작했다.

홍상원 회장과 전무라는 남자는 자신들의 구속영장이 기각될 것을 확신하는 듯했다.

지금까지 은호가 남부지검에서 겪은 일로 봐서는 서울 남부지검 금조부나 증권범죄 합수단에서 신청한 구속영장 인용률은 100%에 가까웠다. 영장을 치면 치는 대로 곧바로 나왔다.

더군다나 그들이 관련된 사건은 은호가 파악해서 증권범죄 합수단에 넘겼던 것 아닌가.

검사가 기소한 사건도 1심이나 2심에서 가끔 일부 무죄가 선고되거나 때로는 대법원에서 무죄 취지의 파기 환송되는 경우도 종종 있었다.

하지만 지금까지 은호가 파헤쳐서 기소했던 사건에서는

단 한 번도 그런 일은 일어나지 않았다. 그만큼 금조부 검사들도 놀라워했고, 은호 외에 그 징크스는 아직 누구도 피해 가지 못했다.

홍상원 회장 일행의 기대가 곧 물거품이 될 것을 은호는 이미 예감하고 있었다. 그리고 한 시간쯤 시간이 흘렀다. 구치감 계장[15]의 말소리가 들렸다.

"홍상원 씨, 일어나서 갈 준비하세요."
구치감 안에서 긴장하고 앉아 있던 홍상원이 벌떡 일어나 문 앞으로 다가섰다.

"네? 가요? 저 집에 가는 겁니까?"
"집에요? 어딜 가요, 가긴. 구치소로 가야죠. 영장 나왔어요."

구치감 계장은 은호에게도 들어갈 준비를 하자고 말했다.

"야! 김 전무 이 개새끼야, 어떻게 된 거야! 기각이라며!"

....

15) 남부구치소에서 파견된 남부지검 구치감의 교정 책임자.

홍상원 회장은 놀란 듯 버럭하며 같이 구속된 임원에게 쌍욕을 섞어 가며 고함을 쳤다.

구치감 교도관들도 구속영장이 발부되거나 법정 구속된 사람이 지금처럼 흥분하는 모습을 이따금 보아 온 터라, 어느 정도 이해하려는 눈치였다.

구치소로 돌아가는 마지막 호송 버스를 타기 위해 교도관들은 홍상원 일행을 포함해서 구치감에 남아 있던 4명의 재소자를 포승줄로 묶었다.

홍상원 회장과 김 전무는 공범 관계여서 규정상, 같이 포승할 수 없었다.

그러다 보니 우연히 우미 바이오 김 전무와 다른 한 사람이, 그리고 홍상원 회장과 은호, 이렇게 두 사람씩 연승[16]하여 호송 버스에 올랐다.

그날 마지막 호송 버스는 느지막이 서울남부지검을 출

---

16) 포승줄을 재소자끼리 연결하여 묶는 것.

발했다. 은호와 홍장원 회장은 호송 버스 맨 뒤쪽에 같이 앉았다.

 가까이 본 홍상원 회장은 꽤 미남형의 얼굴이고, 명품 슈트에 명품 구두 등 온몸을 명품으로 치장하고 있었다. 반면에 자신의 구속영장이 발부될 것이라고는 꿈에도 예상하지 못하여 안색은 어두웠다.

 "개자식들. 영장 기각시켜 준다고 가져간 돈이 얼만데 나를……."
 홍상원 회장은 교도관의 눈치를 보면서도 분을 참지 못하고 혼잣말로 투덜거렸다.

 은호의 기분도 야릇했다. 자신이 파헤친 사건으로 구속된 당사자와 같이 포승줄에 묶여 호송 버스를 타고 가는 이 상황을 생각하니…….

 옆에 앉은 은호와 눈이 마주친 홍상원 회장은 분을 이기지 못한 듯 이를 악물고 낮게 말했다.

 "5억이에요 5억! 오늘 영장 실질 심사에서 빼주겠다고 내 주머니에서 변호사 놈들이 빼간 돈이! 도둑놈의 새끼들! 이게 뭐야 지금!"

홍상원 회장의 말을 듣고 있던 은호는 그의 눈을 바라보고 속으로 생각했다. '회사에서 해 처먹은 돈의 100분의 1 정도 썼구나.'

남부구치소의 철문이 열리고 호송 버스는 고단한 엔진 소리를 내면서 구치소 안으로 들어갔다. 자정이 다 돼서였다.

다음날, 어젯밤 늦게까지 사건 파일을 작업했던 은호는 남부지검으로 출근하지 않았다.

그날 은호는 운동장에 있었다.
5동 하층의 독방 수용자가 이용하는 운동장은 테니스 코트 반 정도의 크기였다. 운동장에는 10여 명이 나와 있었다.

모두 독방에서만 생활하는 사람들이라 운동장에서 다른 방 사람의 얼굴을 마주하는 것만으로도 반가워했다. 어떤

이는 다람쥐가 쳇바퀴를 돌 듯이 뛰면서 열심히 작은 운동장을 돌았다.

또 어떤 이들은 햇볕이 잘 드는 한쪽 구석에 모여서 이런저런 잡담을 나누기도 했다. 은호는 그냥 걸었다. 햇볕이 잘 드는 곳으로만 걸었다.

1번 방에 있는 남윤이 아저씨가 귓속말과 함께 은호의 주머니에 또 종이쪽지를 찔러 줬다. 그러고는 은호를 앞질러 걸었다.

"나가면 찾아서 써. 보내준 빵 잘 먹었다, 은호."
1번 방 남윤이 아저씨는 60대 후반으로 5동 하층에서 제일 오래된 사람이다.

여러 교도관의 말에 따르면 과거에는 IT 전문가였고, 나중에는 해커(Hacker)로 유명했다고 한다. 그러다가 어떤 분쟁 과정에서 한 사람을 죽게 했고, 무기 징역을 선고받았다.

그는 종종 종이쪽지에 '삼천만 원 정', '오천만 원 정', 또는 '일억 원 정'이라고 볼펜으로 발행 날짜까지 쓰고 자신만의 사인을 한 후, 운동장에서 자기가 마음에 드는 사람에게만 건넸다.

운동시간을 관리하는 교도관들도 그가 쥐여 주는 종이돈을 자주 받았다. 물론 그 종이쪽지는 모두 휴지통으로 들어갔지만…….

교도관을 포함해서 5동 하층의 사람들은 그를 정신을 놓은 미치광이로 생각했다. 은호도 그렇게 생각하고 있지만 따로 말하지는 않았다.

그렇지만 그는 폭력적이거나 남을 해치는 일은 절대로 하지 않았다.

그가 볼펜으로 발행하는 종이돈에는 특별한 사인이 있었다. 일곱 개의 점이 북두칠성처럼 찍혔고 선으로 그 점을 연결했는데, 매달 그 연결선이 달랐다.

은호는 호기심에 그가 주는 종이쪽지를 읽는 책의 갈피에 넣고 모으면서 그런 특이한 점을 발견했다.

한창 운동하고 있는데, 5동 하층 복도 창문에서 운동장으로 사동 도우미 철이가 은호를 향해서 외쳤다.

"은호 형님, 면회 왔어요!"
"그래? 누구냐?"

"19번 방에 있던 정진인데요?"
못 들은 듯 은호가 다시 한번 물었다.
"누구라고?"

그러자 철이는 두 손을 크게 벌리며 그 녀석의 몸집을 그려 보였다. 진이는 몸집이 어마어마했다. 원래 이름은 윌리엄으로 미국인이다.

네 살 때 미국으로 입양됐는데, 한참 뒤 그를 입양한 미국인 양부모가 갑자기 이혼했고, 그러고는 누구도 그를 보호해 주지 않았다.

윌리엄은 자신이 미국인이 아니라는 사실을 미국으로부터 추방 결정이 떨어졌던 27세 때 알았다고 했다. 그렇게 그는 다시 한번 더 미국에서 한국으로 버려졌다.

윌리엄은 야구를 좋아했다. 투수가 되고 싶었다. 하지만 그의 양부모는 거구로 성장하는 그를 농구 선수로 키우려고 했다. 그것은 윌리엄에게 7세 때부터 나타난 거인증 증세 때문이다. 15세 때 이미 윌리엄의 키는 2m가 넘었다.

양부모는 그의 거인증을 처음에는 오히려 기뻐했다. 커다란 신체를 이용해 어떻게든 농구 선수로 키워 돈을 벌려는 심산이었다.

그러나 윌리엄은 농구를 오래 할 수가 없었다. 그의 왼쪽 무릎은 거인증이 발생할 때부터 통증이 나타났다. 그는 양부모가 실망할까 봐 처음에는 고통을 말하지 않고 진통제를 먹어 가면서 참아냈다.

하지만 점프할 때마다 악몽 같은 통증이 더욱 심해졌다. 결국 2m 20cm의 키에도 농구에서는 두각을 나타내지 못했다. 그러면서 양부모의 불화가 시작됐고, 이혼에까지 이르게 됐다.

윌리엄은 그 후 2년을 미국에서 친구들에게 의지해 지

내야만 했다. 그러다 갑자기 이민국에서 찾아와 그를 짐짝처럼 실어서 한국 땅에 다시 던져 버리고 말았다.

그가 처음 한국에 도착해서는 아무것도 할 수 없었다. 한국어는 한마디도 할 수도, 알아들을 수도 없었다. 그는 이태원이라는 곳이 있다는 것도, 그곳을 알고 찾아가는 데도 만 석 달이나 걸려야만 했다.

그는 이태원 부근에서 1년 가까이 걸인으로 생활했다. 그나마 영어로 소통할 수 있는 곳은 그곳밖에 없었다.

그러다 누군가를 알게 됐고, 그의 말에 속아서 평택 미군 기지 부근의 유흥업소에 취직했다. 윌리엄이 하는 일은 피에로 복장으로 술손님을 유흥업소로 유인하는 호객 행위였다.

그렇게 윌리엄은 1년 6개월을 그곳에서 지냈다. 그런데 월급을 모아서 주겠다던 한국인 유흥업소 사장은 어느 날 흔적도 없이 사라졌다.

그는 자신에게 사기를 친 그 사장을 찾으러 다시 한 달

가까이 이태원 바닥을 누비다가 가까스로 그를 찾았다.

"Give me my money!"
다시 만난 한국인 사장은 어처구니없는 말만 늘어놓았다.

"네 돈이 어딨어! 너는 밥을 매일 엄청나게 먹었잖아! 일주일에 한 번 고기도 먹고 인마! 없어 돈! 다 썼어! 너 먹여 살리는 데, 인마!"

그 말에 흥분한 윌리엄은, "Give me my money!"라고 외치면서 그의 몸을 잡고 몇 번 흔들었을 뿐이다. 그것이 전부였다.

그는 돈을 가져오겠다고 윌리엄을 진정시키고는 자신이 잘 알고 있는 영등포 어느 정형외과에서 목 디스크 진단서를 첨부해서, 역시 자신이 잘 알고 있는 영등포 경찰서에 고소장을 제출했다.

그 일로 윌리엄은 구속됐고, 남부구치소까지 오게 된 것이다. 그것이 은호와 윌리엄이 만나게 된 배경이다.

아는 사람 하나 없는 윌리엄은 처음부터 어떤 도움도 받을 수 없었다. 은호는 그런 윌리엄의 사연을 적어 조율사(調律寺) 은선 스님에게 도움을 요청하는 장문의 편지를 보냈다.

조율사(調律寺) 은선 스님은 은호의 편지를 받고 바로 움직였다. 곧바로 변호사를 선임해서 연결해 주었고, 윌리엄의 1년 6개월 치 임금을 떼어먹은 사연의 증인도 찾아 나섰다.

윌리엄은 은호를 보스(BOSS)라고 불렀다.

은호는 몇 번을 그렇게 부르지 말라고 타일렀다. 사동 도우미들이 은호를 '형님'이라고 호칭하니 윌리엄은 서툰 한국말로 '형님'이 무슨 뜻이냐고 운동시간마다 만나는 사람을 붙들어 물었고, 그것을 설명하는 과정에서 윌리엄이 가장 이해하기 쉬운 단어가 보스(BOSS)였다.

윌리엄의 식욕은 대단했다. 보통 사람의 최소 5인분에서 최대 10인분은 먹는 것 같았다. 윌리엄이 처음 5동 하층에 온 일주일은 부족한 식사량 때문에 매일 아우성쳤다.

나중에는 교도관이 특별히 배식부에 요청했고, 윌리엄이 충분히 먹을 만큼의 양을 추가로 배식받았다.

또한 윌리엄은 남부구치소 최초로 수용자 옷이 아닌 사복을 입고 2주일이나 생활해야만 했다. 거구인 윌리엄의 몸에 맞는 옷이 있을 리가 없었다. 할 수 없이 봉제부 사람들이 와서 윌리엄의 몸 사이즈를 잴 때도 큰 구경거리였다.

워낙 거구여서 그를 세워 놓고 어떡하나 고민하고 있을 때 누군가 그를 눕히자고 했다. 그래서 윌리엄을 운동장 마당에 눕혀 놓고 치수를 재야만 했다.

조율사(調律寺) 은선 스님의 도움으로 윌리엄은 조금이나마 억울함을 풀 수 있었고, 받지 못한 임금도 모두 받지는 못했지만, 1년 정도의 임금을 받는 것으로 합의할 수 있었다.

윌리엄의 마지막 재판이 열린 뒤에 출소가 예정된 전날, 그는 은호와 운동장을 걸으면서 말했다.

"보스(BOSS), 아니 형님, 나 여기 더 있으면 안 돼? 보스(BOSS) 나 여기가 좋아. 나가는 거 무서워……."
"윌리엄, 뭐가 무서워. 여기는 나쁜 곳이야. 빨리 나가야지."

"보스(BOSS) 여기가 왜 나뻐. 여기 밥도 많이 줘. 내 방도 있고, 여기 형님도 있잖아."

윌리엄은 세상을 두려워했다. 어디 의지할 곳도 사람도 하나 없이, 어쩌면 또 누군가로부터 버려질 수 있다는 두려움도 있을 것이다.

"윌리엄 걱정하지 마. 나가면 윌리엄을 도와줄 새로운 어머니가 있어. 은선 스님이라고……."
"보스(BOSS) 나 엄마 싫어! 엄마는 다 나를 버려! 형님 나 여기 좋아! 형님이랑 같이. 여기."

윌리엄은 태어나면서부터 지금까지 어떤 사회적 계약에도 동의하지 않았고, 또한 자신도 모르는 계약 파기에도 동의하지 않았다. 하지만 그 과정 전체가 윌리엄에게는 죽음과도 같은 고통의 연속이었다.

그러니 '사회에 나가야만 한다.'라는 자신도 모르는 또 다른 계약을 두려워하는 것이다. 윌리엄은 남부구치소에서 나가는 전날까지도 그렇게 두려움에 떨었고, 새벽에는 그의 흐느끼는 울음소리가 5동 하층 복도를 따라서 은호가 있는 방까지 흘러 들어왔다.

은선 스님은 윌리엄이 조율사(調律寺) 부근에서 정착할 수 있도록 도왔다. '정진'이라는 한국 이름도 은선 스님이 만들어 준 것이다.

윌리엄의 얼굴 왼쪽에는 어릴 때 화상을 입은 작은 흉터가 있었다. 그것을 많이 부끄러워했다. 은선 스님은 검은색 플라스틱 가면을 구해다 주었다. 윌리엄은 가면을 쓰면 마치 히어로가 된 듯 자신감이 생겼다. 그 이후부터 윌리엄은 사람을 대하는 데 두려움이 사라졌다.

지금은 감천마을에서 아이들에게 야구도 가르치고, 외국 관광객을 안내하는 봉사 활동도 하고 있다. 그런 윌리엄이 은호를 만나러 면회를 온 것이다.

말레이시아 쿠알라룸푸르
그랜드 하얏트 호텔 연회장. 3

파티가 끝난 호텔 밖.

레오와 정희는 파티에 참석해 준 하객을 밝게 배웅하고 있었다. 레오의 손을 꼭 잡은 엠마는 축하객에게 일일이 귀여운 인사를 연신 보내고 있었다.

축하객 차량이 모두 호텔을 떠나자, 흰색 해머 리무진 한 대가 레오 앞으로 다가왔다.

레오는 정희와 깊은 키스를 나눈 후 그녀를 해머 리무진에 태웠다. 엠마는 레오의 손에서 정희의 손으로 바꿔 쥐고는 해머 리무진에 올랐다. 파하드의 부하들은 엠마의 선물을 흰색 해머 리무진 트렁크로 날라 싣기에 바빴다.

파하드 부하 셋이 레오에게 정중히 인사를 한 후 정희가 탄 차량에 올랐다. 레오는 정희와 엠마가 탄 차량이 사라질 때까지 손 인사를 하고는 담배를 물었다.

그리고 다시 검은색 해머 리무진 한 대와 밴 두 대가 잇따라 레오 앞으로 왔다. 레오와 파하드는 검은색 해머 리무진에 올랐다. 그러고서 차량은 정희와는 다른 방향으로 출발했다.

파하드는 조금 전 주검으로 포장된 중년 남자의 소지품 몇 가지를 레오에게 보여주었다.

"그놈 소지품입니다. 이것은 그놈이 촬영한 사진들입니다."

레오는 파하드가 건넨 사진과 소지품을 보다가 명함 하나를 들어보았다. '하늘의 궁 교회, 오 믿음 전도사.'

"보안실 정리는 잘했지? 나머지는 모두 이 세상에서 지워 버려……."

"네. 보안실도 다시 확인했고, 리차드(호텔 임원)와 잘 마무리했습니다."

레오의 차량 무리는 한참을 팜나무가 늘어선 숲길을 달렸다. 얼마를 더 달렸을 때쯤, 파하드의 신호로 숲길 한쪽에 차량을 멈췄다. 파하드는 레오의 차량에서 내려 정중히 인사했고, 레오의 차는 다시 어두운 숲속 도로로 달려갔다.

파하드는 뒤에 따라오던 밴으로 갈아탔다.
파하드 일행이 탄 두 대의 검은색 밴은 다시 어디론가 한참을 달렸다. 야생 짐승 소리만 어둡게 울려 퍼지는 깊은 숲에 파하드 일행이 도착한 시각은 새벽 두 시가 넘어서였다.

바람도 없고 달빛조차 없는 숲속의 검은 밤이었다.

뒤쪽 밴에서 내린 골판지 박스를 네 명의 남자가 들고 좀 더 깊은 숲으로 걸어 들어갔다.

박스 안의 내용물은 숲속 깊은 곳으로 던졌고, 포장한 박스와 헝겊 가방은 중년 남성의 소지품과 함께 간단히 태웠다.

파하드 일행은 돌아가지 않고 숲속 깊은 곳을 지켜봤다.

20분 정도 지나자 캄캄한 숲속에서 소란한 짐승 소리가 조금씩 들리기 시작했다.

그리고 다시 30분쯤 더 지나자, 짐승의 아귀다툼 소리가 들렸다. 엄청난 숫자의 야생 짐승이 무엇인가를 놓고 치열한 다툼을 벌이고 있었다.

야생 짐승의 소란한 다툼 소리가 서서히 잦아들고 나서야 검은색 밴 두 대는 시동을 걸었다. 그렇게 흔적도 없이 누군가는 숲으로 지워졌다.

남부구치소 면회실

은호는 윌리엄을 만나러 면회 대기실로 갔다. 그곳은 자기 순서를 기다리며 면회를 시작하기 전에 재소자가 대기하는 곳이다.

그곳에서 어제 구속영장이 발부된 홍상원도 면회를 기다리고 있었다. 홍상원은 은호를 보더니 반가워했다. 어젯밤 함께 호송 버스를 타고 오면서 얼굴을 익혀서일까?

은호는 홍상원 옆에 앉았다.

"누가 면회를 왔나 봐요?"
홍상원은 울먹이는 표정으로 은호에게 말을 걸었다.

어젯밤 온몸에 걸쳤던 명품은 없고, 크기도 맞지 않는 초라한 황토색 재소자 옷을 입고 있었다.

"어제 들어오셨는데, 벌써 누가 면회를 오셨군요."
은호가 애써 대답했다.

"네, 제 처와 변호사가 같이 왔어요."
홍상원은 은호에게 자기 아내가 유명 탤런트라고는 말하지 않았다. 하지만 홍상원이 잠깐 은호에게 보여준 접견 용지에는 '면회 신청자 남궁희'라고 쓰여 있었다.

대수롭지 않게 눈길을 돌리던 은호는 갑자기 다시 고개를 돌려 홍상원의 손에 들려 있는 접견 용지를 훑어봤다. 다시 보니 그의 접견 용지에는 두 사람의 이름이 적혀 있었다.

남궁희와 배채움. 은호는 홍상원에게 물었다.
"이분이 부인이신가 보죠? 그리고 이분이 변호사예요?"
"네."
"원래 아시던 변호산가 봐요."
은호는 어떤 퍼즐을 맞추려는 듯 홍상원에게 물었다.

"아뇨. 원래 아는 변호사는 아니고, 제가 구속되기 전에 아내의 소개로 법률 상담하느라 한 번 만난 적이 있어요. 제 아내가 판사 출신 변호사를 사야 한다고 했는데……. 박 전무 그 자식이 검사 출신을 꼭 사야 한다고, 그래야 빠져나올 수 있다고 우겨서……. 개자식들 돈만 처먹고……."

은호는 배채움을 처음 만났던 순간이 떠오르며 갑자기 머릿속이 복잡해졌다. 그때 면회 담당 교도관이 면회자들에게, "각자 면회실 앞에 대기하세요."라고 면회 준비를 알려줬다.

홍상원은 면회실로 들어가자마자 투명 아크릴 창 너머 면회실 의자에 앉아 있는 아내를 보고 울음부터 터뜨렸다.

"자기야, 흐흐흑."
남궁희도 같이 슬퍼하는 듯 보였다.

"여보…… 많이 힘들지? 입은 옷 좀 봐, 저 옷이 뭐야 도대체……."
홍상원은 아내의 얼굴만 보면서 처량하게 흐느꼈다.

"변호사님, 우리 여보 좀 보세요. 저 꼴이 뭐래요……. 흐흐흑."
남궁희 뒤로 배채움 변호사가 안타깝다는 듯 서서 홍상원의 모습을 지긋이 바라보았다.

"내가 자기 말 안 들어서 그래. 자기가 판사 출신 변호사를 사야 한다고 했을 때 자기 말대로 했으면 이 꼴은 아닐 텐데……. 허흐흐흑."

"여보야…… 울지 마! 괜찮아. 지금부터 다시 시작하면 돼! 내가 오늘 배 변호사님을 선임했으니까, 이제 잘될 거야! 그렇죠, 배 변호사님?"
남궁희는 고개를 돌려 배채움 변호사를 쳐다보았다.

"네, 홍 회장님. 저희가 최선을 다하겠습니다. 저 이외에도 법원장 출신 변호사님 한 분, 고검장 출신 한 분을 더 이 사건에 투입해서 홍 회장님을 반드시 빼내겠습니다. 이제 너무 걱정하지 마세요."

"그래 여보. 이제 너무 걱정하지 말고, 맘 편히 먹고 건강하게만 있어. 알았지?"
남궁희는 나긋나긋한 목소리로 마치 어린 동생을 다루듯 홍상원을 다독였다.

"그래 자기야, 이제 자기 말만 들을게……. 흐흐흑."
"네, 홍 회장님. 제가 오늘 변호사 선임계를 제출하고 내일 오전에 일찍 변호사 접견을 와서 자세하게 대책을 보고해 드리겠습니다."

"네, 배 변호사님. 감사합니다. 이제 배 변호사님만 믿고 있겠습니다."
이런 대화가 오가는 사이 벌써 10분의 면회 시간 종료를 알리는 안내 멘트가 들렸다.

"자기 잘 가."

헤어지기가 못내 아쉬운 듯 홍상원은 투명 아크릴 창에 손바닥을 대고 작별 인사를 했다.

"우리 여보 너무 걱정하지 마. 내일부터는 김 기사를 매일 면회 보낼 테니까, 필요한 것 있으면 시켜. 알겠지? 우리 여보 불쌍해서 어떡해, 정말."

배채움 변호사는 남궁희를 부축하면서 면회실을 빠져나갔다. 홍상원도 소맷자락으로 눈물을 닦으면서 면회실을 빠져나왔다.

면회실을 나온 남궁희와 배채움 변호사는 남부구치소 주차장으로 같이 걸었다. 남궁희가 키 버튼을 누르자, 은색 벤틀리 차량에 시동이 걸렸다.

운전석에 남궁희가 앉았고, 옆 좌석에 배 변호사가 올라타자 차는 부드럽게 남부구치소를 빠져나가 강남을 향해 달렸다.

"배 변, 그냥 놔두면 얼마나 살 것 같애?"
남궁희는 면회실에서 홍상원에게 지었던 말투와 표정

을 싹 지워 버렸다.

"뭐? 징역? 그냥 놔두면 많이 살지……. 횡령 금액이 다 인정되면, 최소 7년 출발일 걸?"

"7년? 에이, 그래도 7년은 너무 길다."
배채움 변호사의 말에 남궁희는 미소까지 띠며 대답했다.

"물론 길지 7년은……."
"배 변, 일단 잘 다뤄서 쟤 앞으로 남아 있는 다른 회사 지분이랑, 이번에 주식 팔아서 챙긴 계좌들 먼저 내 앞으로 돌려줘. 기분 같아서는 돈이고 뭐고, 팍팍 썩게 하고 싶지만, 그래도 애 아빤데……."

"그래 알았어. 내가 잘 알아서 챙겨 줄게."
대화하면서도 배 변호사의 손은 남궁희의 허벅지에 올라가 있었다.

"다 넘겨줄 때까지는 절대 빼주면 안 되는 거 알지? 배 변."
차가 신호에 멈출 때 남궁희의 손도 배채움의 허벅지에서 놀았다.

"안되고말고……. 그냥 두면 추징금, 벌금으로 다 뺏긴다고 하면 넘겨주게 돼 있어. 아까 면회실에서 바짝 쫄아 있는 거 봤지?"

"아니, 저놈이 내가 잠깐 일본에 촬영 갔다 오는 사이에 어린애를 데리고 그 지랄을 한 거야, 글쎄. 그것도 집안에 불러서……. 내가 어이가 없어서 진짜."

남궁희는 배 변호사의 손놀림에 익숙한 듯 자기 할 말만 늘어놓았다.

"그 출신이 어디 가겠어? 그러니 너무 어린 남자는 조심해야지……. 내가 예전에도 몇 번 말했잖아…… 흐흐흐."
남궁희는 홍상원보다 다섯 살이나 연상이다.

"에이, 아침부터 면회 온다고 움직였더니 엄청 피곤하네……. 어디 가서 좀 쉬었다가 저녁때 술이나 한잔하자. 배 변도 시간 괜찮지?"
"시간? 그럼, 안 괜찮아도 괜찮게 해야지. 당신이랑 같이 있는 건데……."

배 변호사의 손은 여전히 남궁희의 허벅지에서 더욱 노골적으로 움직였고, 벤틀리는 양재동의 한적한 무인텔 안으로 급하게 들어갔다.

2022년 3월 30일 베트남 하노이

휴대전화 벨 소리에 약제실에서 일을 보던 한동수 원장이 잰걸음으로, 응접실로 나와 전화를 받았다.

"원장님? 저 박이에요."
"어 박 사장, 어쩐 일이셔. 아침부터."
박 사장은 하노이 쯩화(Trung Hoa)라는 또 다른 한인타운 지역에서 문(Moon)이라는 가라오케를 운영하는 전라도 출신의 젊은 교민이다.

"아니 원장님, 전에 교민회 야유회 때요. 원장님이 알아봐 달라는 여자 이름이 뭐였죠?"
"어? 아…… 그거……. 오 뭐였는데… 잠깐만…….."
한동수 원장은 책상 속에서 작은 수첩을 가져왔다.

"여깄다. 어 레이첼(Rachel)이야, 레이첼."
"아니 원장님, 한국 여자라면서요."
한 원장은 수첩을 더 뒤적거렸다.

"맞아, 한국 여자. 여깄네, 한국 이름은 오윤희야. 오, 윤, 희."
"네? 그럼 맞네요. 원장님. 그 여자를 아는 베트남 아가씨를 찾았어요. 어떻게…… 이따가 저녁에 저희 가게로 오시겠어요?"

"찾았어? 진짜 찾았어? 갈게, 갈게……. 내가 7시까지는 갈 수 있어."

그 시각, 은호는 이런저런 복잡한 생각을 잊기 위해 무작정 길을 걷고 있었다.

앞으로 언제까지 어떻게 살아가야 할지, 하지만 지금 불확실한 일상보다도 모든 것을 스스로 결정할 수 없다는 것이 은호에게는 더 힘든 고통이었다.

아침부터 숙소 부근의 롱 비엔(Long Bien) 재래시장을 둘러보고, 지금은 하노이 '군사 역사박물관'을 둘러보는 중이었다.

미군이 베트남 전쟁 당시, 무차별로 뿌려댄 고엽제 피해 참상을 전시한 곳을 보고 있는데 은호의 휴대전화 벨이 울렸다.

"은호 씨, 식사는 잘하고 계셔?"
한동수 원장이다.

"네 원장님, 어쩐 일이세요."

"다른 게 아니고, 지난번에 은선 스님이 찾고 있다는 여자분의 행적을 알 수 있는 단서를 찾은 것 같아서. 이따가 시간이 되면 나랑 같이 한번 만나 보자고, 시간이 되셔?"
"그럼요, 그래야지요. 제가 한 원장님 계신 곳으로 가겠습니다."
"은호 씨 그럼 늦어도 7시까지는 오셔……. 이따가 보자고."

은호는 선가 한의원으로 가서 한 원장을 만나 그의 차

를 타고 문(Moon) 가라오케로 출발했다.

"은호 씨. 뒷좌석에 있는 봉지는 이따가 숙소 갈 때 챙겨 가, 사양하지 말고. 집사람이 반찬 좀 싸 줬어."
은호는 미안한 마음에 말없이 감사의 고개만 숙였다.

"그리고 은호 씨, 아까 낮에 이수형 변호사라는 사람이 은호 씨 찾는 전화가 있었는데……. 은호 씨가 여기 베트남에 있는 것을 알고 있더라고."
한 원장은 전화번호가 적힌 쪽지를 은호에게 건네면서 말했다.

"아, 그래요? 네, 괜찮습니다. 제가 아는 후배입니다."
"그랬겠지, 은선 스님이 아무한테나 내 전화번호를 줬겠어? 하하하."

한 원장의 차가 하노이 쯩화(Trung Hoa) 번화가에 있는 문(Moon) 가라오케 앞에 도착했다. 아직은 초저녁이어서 그런지 그렇게 복잡해 보이지는 않았다.

입구에 있던 퉁퉁한 경비가 한 원장과 은호를 가게 안쪽으로 안내했다. 아가씨 수십 명이 어디론가 몰려 들어가고 있는 복도를 지나서 내실로 보이는 곳으로 들어갔다.

방 안에는 박 사장이 이미 도착해 있었다. 한 원장은 박 사장에게 은호를 소개하고 대화를 시작했다.

"원장님, 며칠 전에 누구 소개로 마담으로 일할 아가씨 면접을 봤어요. 그런데 베트남 아이인데도 한국말을 제법 잘하는 거예요. 그래서 한국말을 어디서 배웠냐고 물어보니까, 친구한테서 배웠대요. 자기가 하노이 대학에 다녔는데, 그때 친한 한국인 여자 친구가 있었다는 거예요."

박 사장은 한 원장에게 들려줄 말을 차곡차곡 모아두었다가 한 번에 터뜨리듯 숨돌릴 틈도 없이 쏟아냈다.

"그래서 친구 이름이 뭐냐고 물어보니까, '오, 윤, 희'라 하는 거예요. 그래서 제가 어디서 저 이름을 들어봤지, 하고 며칠을 생각하다가 몇 개월 전에 교민 야유회 때 원장님이 좀 알아봐 달라는 생각이 딱 나더라고요."

"그래도 박 사장이 그 이름을 다행히 기억하고 있었네."

한 원장은 무릎을 치며 대답했다.

"조금 있으면 그 아가씨가 출근할 거예요. 그 아이는 비엣족[17]도 아니고 크메르족이에요. 그런데 한국말을 그렇게 잘하니 제가 얼마나 놀랐겠어요."

잠시 후 웨이터가 아가씨 한 명을 박 사장의 내실로 데리고 왔다. 아가씨는 자신의 이름을 리엔(Lian)이라고 했다. 30대 중반의 나이라고 했지만, 화장 때문이었는지 그보다는 훨씬 어려 보이는 미모의 여성이다.

한동수 원장은 리엔에게 조심스럽게 묻기 시작했다.
"오윤희를 언제 마지막으로 봤어요?"

리엔은 손가락을 몇 번 움직이더니, "마지막으로 본 것은 7년 정도 됐어요."라고 했다.

리엔의 이야기는 오윤희와 2년 정도 하노이 국립대학

---

17) 베트남의 주류는 '비엣족'이고, 나머지는 50여 개의 소수 민족으로 구성돼 있다.

교를 같이 다녔고, 다른 사람과는 잘 어울리지 못했지만 자기와는 친하게 지냈다고 했다. 리엔은 어머니와 둘이 살고 있기도 해서 자신의 집에 자주 초대했다고 말했다.

그런데 갑자기 오윤희의 남편이라고 주장하는 한국 사람과 무서운 남자가 몇 명 나타났다고 했다. 오윤희는 남편이라는 사람이 '그냥 법적으로만 남편이다.'라는 이해하지 못할 말을 했다고 한다.

나중에는 그 남자들이 오윤희를 찾아 대학교로도 왔고, 그녀는 할 수 없이 그들을 피해 자기 집에서 며칠을 숨어 지내다 어디론가 떠났다고 했다.

그런데 당시 오윤희에게는 여섯 살 정도 되는 딸아이가 있었다고 한다. 리엔은 한동수 원장과 대화하면서 조금 불안했다. 그럴 때면 박 사장이 "괜찮아 리엔, 아주 좋은 사람들이야. 오윤희를 도와주려는 사람들이다."라고 안심시키면서 대화를 이어 나갔다.

"그럼, 오윤희의 딸은 누가 데리고 갔나요?"
"오윤희의 남편이라는 사람이 데리고 갔어요."

"오윤희는 혼자 사라진 것인가요?"
"네, 혼자 갔어요"

오윤희는 어떻게든 딸을 데리고 함께 떠나려고 했으나, 오윤희의 남편이라는 사람과 그 일행 때문에 불가능하다는 것을 알고 리엔에게 '고마웠다.'라는 내용의 편지 한 장만 남기고 어디론가 혼자 떠났다고 했다. 오윤희의 딸도 아무런 저항 없이 아빠라는 사람의 품에 안겨 떠났다고 했다.

한 원장과 은호가 오윤희에 대해서 알아낼 수 있는 것은 거기까지였다. 한 원장은 리엔에게 명함을 건네주면서 혹시 생각나는 다른 내용이 있으면 연락을 달라고 했다. 그리고 박 사장에게 감사의 인사를 하고 문(Moon) 가라오케를 나왔다.

은호의 특별실

남궁희와 배채움 변호사가 구속된 홍상원을 면회하고 일주일이 지났을 때였다.

서울남부지검 은호의 특별실에는 금조부에 처음 발령받아 온 신임 노기성 검사와 고 계장, 그리고 다른 수사계장 한 사람이 함께 '서울일보 특혜 대출 사건'에 대한 내사 회의를 하고 있었다.

은호는 방안 벽을 화이트보드처럼 활용하면서 사건 내용을, 도표를 그려 가며 자세히 설명하고 있었다. 그 앞에서 노기성 검사 등은 마치 교수에게 강의를 듣는 듯이 메모해 가면서 열심히 들었다.

서울일보는 지난 이종박 정권 시절 700억 원대 특혜 대출을 받았다는 의혹이 있었다. 원래 서울일보의 대주주는 '우리 사주 조합'이다.

2대 주주로는 정부 기관인 기재부(기획재정부)가 이미 서울일보의 창간 때부터 지분 투자하고 있었다. 그런데 갑자기 1대 주주였던 우리 사주 조합의 일부 지분이 자사주(회사)로 매각되었다.

1대 주주를 우리사주 조합에서 기재부로 변경하려는 의도가 있는 고의적인 거래였다.

그렇게 기재부가 1대 주주가 되었고, 그 상태에서 증권사로부터 700억 원대 대출을 신청한 것이다. 증권사는 대출 조건으로 당연히 1대 주주의 보증을 요구했고, 기재부는 이에 응했다.

기재부가 거액의 대출 보증에 응한 것은 단순히 기재부 장관만의 판단은 아닌 것으로 보였다. 더 윗선의 정치적 결정으로밖에 볼 수 없었다.

즉 정부가 보증을 서게 되었으니, 증권사 처지에서는 700억 원이 아니라 7,000억 원이라도 대출해 줄 수밖에 없는 상황이었다.

지난 정권의 대통령 이종박과 서울일보의 낙하산 사장은 고려대학교 동기였다. 은호는 이 사건을 이미 오래전부터 파헤치고 있었다.

하지만 금조부에 새로 온 신임 노기성 검사에게 사건 설명을 해 주면서도 이 사건을 수사하게 될 것이라고는 기대하지 않았다.

신임 노기성 검사에게도 이미 시작부터 당부해 두었던 터였다.

"이 사건은 그냥 공부만 한다고 생각하세요. 절대 위에다 보고는 하지 마세요. 영웅심에 보고했다가는 노 검사님은 바로 다른 부서로 날아갑니다. 아셨죠?"

"은호 샘, 왜 그래요? 아니 사건이 있으면 해야죠. 그것이 우리 검찰이잖아요. 특히 여기는 금조부예요."

"노기성 검사님, 여기 오신 지 이제 3주밖에 안 되셨죠? 그전에는 일반 형사부에 잠깐 계셨고……. 여기가 검찰 맞아요. 그래서 하지 마시라는 거예요. 제 말 믿고 한 6개월만 여기 분위기를 익히세요. 그다음 다시 얘기하시죠. 다른 부서에 꼭 가시고 싶을 때, 그때 위에 이 사건을 들고 가세요."

　은호는 타이르듯 젊은 노기성 검사에게 말했고, 노 검사도 은호의 말을 애써 이해하려고 했다.

　다시 사건 강의를 시작했다.

노기성 검사는 은호가 파헤친 '서울일보 특혜 대출 의혹 사건'을 들으면서 궁금한 것을 질문했고, 그 질문에 관해 막힘이 없는 은호의 답변에 감탄을 거듭했다.

 그래서 노기성 검사는 은호와 회의를 마칠 때면 늘 엄지손가락으로 쌍 따봉을 날려주었다.

 그때 노크와 함께 노기성 검사실의 여자 실무관[18]이 들어왔다.

 "검사님, 방금 배채움 변호사라고, 은호 씨 면회 왔다고 하는데, 민원실에 출입 등록을 해줘야 하나요?"

 노기성 검사는 멀뚱거리며 은호에게 물었다.
 "은호 샘, 아시는 변호사예요? 약속하셨나요?"

 "아⋯⋯ 아는 변호사는 맞는데⋯⋯. 약속은 안 했거든요? 왜 왔지?"

---

18) 검사실에는 검사, 수사관, 실무관이 근무한다. 실무관은 수사 업무가 아닌 검사실 내부의 소소한 일을 포함한 행정업무를 한다.

"어떻게…… 만나 보실래요?"

"노 검사님, 그러면 이 방은 자료 보안 문제가 있으니, 옆방에서 잠깐 만나 보겠습니다. 번거롭게 해서 죄송합니다."

은호는 사무실에서 외부인을 만날 때는 미리 고 계장이나 검사실에 요청하고는 했는데, 이번은 전혀 예상하지 못했던 일이다.

"실무관님, 출입 등록해 드리세요."
"넵!"
실무관은 검사실로 돌아갔다.

"은호 샘, 그럼 오늘 회의는 이 정도 하고 내일 다시 하시죠. 수고하셨습니다."

그렇게 고 계장과 노기성 검사는 돌아가고, 은호는 비어 있는 옆방으로 옮겨서 의자에 앉았다.

그리고 얼마 후 배채움 변호사가 실무관의 안내로 은호

가 있는 방으로 와서 노크와 동시에 문을 열며 들어왔다.

"오……. 은호 씨, 여기가 은호 씨 방이에요?"
"아니요, 제 방은 옆방인데 그곳은 보안 때문에요. 어떻게 갑자기 오셨어요?"

배채움 변호사는 은호가 있는 책상 앞에 의자를 끌어다 앉으면서 대답한다.

"아… 제가 오늘 여기 남부지방 법원에 민사 재판이 하나 있어서 왔다가, 은호 씨를 만나러 구치소로 변호인 접견하려고 했어요. 구치소로 전화하니까, 오늘 은호 씨가 출근했다고 해서 검사실로 전화해 봤습니다. 아, 이렇게 구치소가 아닌 곳에서 보면 더 좋지요 뭐……. 하하하."

은호는 갑자기 우미 바이오 홍상원이 생각나서 물었다.

"배 변호사님, 결국 그 이유로 저를 이용하신 건가요? 홍상원 변호사 선임."

"아, 은호 씨. 그렇게 무섭게 정색하지 마세요. 다 나라를 위하고 경제를 살리는 일 아닙니까? 홍상원이 나쁜 놈은 맞잖아요, 안 그래요? 흐흐흐."

배 변호사의 니글거리는 웃음은 언제나 그 얼굴의 잔주름만큼이나 간교해 보였다.

"그래서, 변호사님 수임료 많이 받아서 배를 두둑이 채우셨어요? 그럼 됐지, 여기는 왜 오셨어요?"
은호는 한심스러운 듯 쳐다보면서 물었다.

배 변호사는 자신의 옷매무시를 가다듬으면서 말했다.

"은호 씨, 제 이름이 배채움이라고 해서 내 배만 채우는 놈은 아닙니다? 내 배가 차면, 남의 배도 채워 주고, 옆 사람 배도 채워 주고……. 내 배도 좋고 님 배도 좋고……. 이러면 되는 거 아닙니까? 푸하하하하."

배 변호사는 손으로 은호와 자신을 번갈아 가리키면서 너무도 당당한 듯 말했다.

은호는 배 변호사의 어처구니없는 논리와 웃음에 자기

도 모르게 허허로운 미소를 짓고 말았다.

"은호 씨, 어디 긴밀한 계좌번호 하나 줘 보세요. 그리고 은호 씨, 은호 씨도 저를 좀 이용하세요. 저도 나름 괜찮은 놈입니다. 정확한 놈이고요."

"배 변호사님 됐습니다. 더는 배 변호사님과 엮이고 싶지도 않습니다. 돌아가세요. 그런 돈 있으면 어디 좋은 곳에 기부하세요, 차라리."

은호는 이제 대화를 끝내고 일어나려는 듯 말을 던졌다.

"아이고 은호 씨, 왜 이러세요. 우리 어쩌면 환상의 콤비가 될 수 있어요. 앉으세요, 왜 그러세요. 어렵게 여기까지 왔는데······."

배채움 변호사는 애원하듯 은호를 다시 끌어 앉혔다.

배 변호사는 은호가 자신이 제안하는 돈을 받지 않으면 돌아가지 않을 기세였다. 그러자 은호가 다시 제안했다.

"좋아요. 배 변호사님, 그럼 이곳에 기부하세요. 좋은 일 많이 하는 절입니다. 그리고 나쁜 놈들 정보가 있으면 가져오세요. 제가 다 잡아들이겠습니다."

이 말을 하면서 쪽지에 무엇인가를 적어서 배 변호사에게 건넸다.

"조율사? 이게 어디 있는 절입니까?"
"부산입니다, 천마산 밑에. 조율사는 부산에 그곳 하나밖에 없습니다."

배 변호사는 이제야 은호가 자기 말을 알아들었다는 듯 만면에 미소를 띠고 은호의 쪽지를 받아 양복 안주머니에 넣었다.

그러고는 일어서서 은호를 향해 한쪽 주먹을 들고 "화이팅!"을 외치며 문을 열어 나갔다.

저녁 무렵, 은호는 자신의 특별실에서 퇴근을 준비하고 있었다.
출력한 서류를 챙기고 있는데, 갑자기 사무실 전화벨이

울렸다.

"여보세요."
"오빠야! 내다 봉자!"

은호는 봉자의 갑작스러운 전화에 놀랐다.

"그래 봉자 보살, 이 전화로는 왜? 무슨 일 있어?"
"오빠야, 그기 아이고……. 쪼매 전에 부산 조율사에……. 어떤 양복 입은 아재들이 와서, 조율사에 시주하고 갔는데……. 우예 된 일냐고…… 은선 스님이 물어보라 카는데……."

그제야 은호는 봉자 보살이 급히 전화를 건 이유를 이해했다.

"아 그거……. 참 빨리도 갔네. 은선 스님한테 괜찮다고 말씀드려……. 스님이 좋은 일 많이 하신다고 내가 누구한테 말했는데……. 나는 며칠 걸릴 줄 알았더니 바로 갔나 보다."

"근데 오빠야, 그기 말이제……. 돈이 장나이 아이다."
"그게 무슨 말이야. 봉자 보살, 자세히 말해 봐."
"오천이다, 오천!"
봉자의 말에 은호도 놀랐다.

은호는 배 변호사의 제안에, 속으로는 어느 정도 생각했으나 너무 큰 금액이었다. 그러다 갑자기 호송 버스 안에서 홍상원이 했던 말이 떠올랐다.

"5억이에요 5억! 오늘 영장 실질 심사에서 빼주겠다고, 내 주머니에서 그 변호사 놈들이 빼간 돈이! 도둑놈들! 이게 뭐야 지금!"

특수부 사건이나 금조부 사건의 경우, 구속되기 이전보다 구속된 이후의 변호사 선임료는 최소 두 배 이상 뛰는 것이 이곳에서는 마치 룰과 같은 일이다.

"봉자야, 괜찮아 좋은 일 하는 절에 시주가 들어온 것이 뭐가 어때서. 그만큼 은선 스님이 좋은 일을 많이 하잖아. 봉자 보살, 괜찮아."

"오빠야, 진짜루 갠찬켔나? 오빠는 별일 읎제? 아픈 데도 없고?"

"그래 걱정 마. 나는 이렇게 죄수가 사무실에서 전화도 받고 잘 있잖아, 괜찮아."

"그래 알았다 고마. 내 은제 서울 가믄 면회 한번 가께 오빠야!"

봉자는 통기타를 연주하는 문화 사진-영상 전문 작가다. 조율사가 있는 감천마을은 물론이고, 부산 시내 곳곳을 다니면서 서민의 삶이나 오래된 부산의 역사 혼을 찾아 사진이나 짧은 영상으로 담아내는 전문 작가다.

그리고 은선 스님이 있는 조율사(調律寺)에서 봉사 활동도 하곤 했다. 신도가 많은 절은 아니지만, 조율사(調律寺)의 이런저런 행정 일이며, 신도들에게 통기타 연주 봉사 활동도 하고, 손님을 맞는 일도 도왔다. 그래서 조율사에서는 그녀를 '봉자 보살'이라고 부르기도 했다.

4. 충돌, 안으로 스며들다

2022년 3월 31일 베트남 하노이
은호의 숙소

　윤영모가 검찰총장에서 곧바로 대통령에 당선된 후, 은호는 단 한 번도 TV를 켜보지 않았다. 뉴스 검색도 하지 않았다. '윤영모 당선'이라는 끔찍한 일이 일어나고 처음 한 주는 충무동 방 안에서 마치 삶이 망가진 사람처럼 지냈다.

　술을 밥처럼 밤과 낮을 구분하지 않고 마셨다.
　그것을 걱정스러워했던 은선 스님이 봉자 보살을 시켜 간단한 땟거리를 놓고 가면 그것마저도 안주 삼아 술을 마시면서 '윤영모 대통령'이라는 현실을 부정하고 싶은 때였다.

　은호는 베트남에 와서 처음으로 노트북을 열었다.
　그제야 앞으로 타국에서 어떻게 버텨내야 할지 방법을

모색하기 시작했기 때문이다. 어쨌든 살아남아야 하니까.

그래도 뉴스 링크는 아예 열어보지도 않았다.
은호와 연락이 닿지 않았던 여러 사람으로부터 메일이 도착해 있었다. 변호사 이수형으로부터 온 메일을 열어보고 어제 한 원장으로부터 받은 메모지를 찾았다.

이수형 변호사는 은호가 '5동 하층'에서 생활할 때부터, 그리고 금조부 검사실로 출퇴근할 때도 은호를 도왔던 후배다.

2017년 12월
황우 부장 날아가다

남부지검 안 공원 한쪽 벤치.

고 계장은 서류봉투 몇 개와 은호가 쓰던 태블릿 PC를 쇼핑백에 담아서 이수형 변호사에게 건넸다. 이수형 변호사는 쇼핑백을 받아 들고는 고 계장에게 인사하고 차를 몰아 급히 남부지검을 빠져나갔다.

고 계장은 벤치에 앉아 담배를 길게 빨아 하늘로 뱉어 냈다.

∴ ∴ ∴

은호는 이유를 모르고 3일째 남부지검으로 출근하지 못하고 있었다. 그러던 어느 날 오후에 이수형 변호사의 예정에 없던 변호인 접견이 왔다.

남부구치소 변호인 접견실

이수형 변호사가 은호를 마주하고 인사 나눌 여유도 없이 말문을 열었다.

"은호 형님, 지금 남부지검이 뒤집어졌어요!"
"수형아 무슨 말이야? 남부지검이 왜?"

은호는 밑도 끝도 없는 이수형 변호사의 말에 눈이 커지면서 물었다.

"형님, 드디어 황우 부장이 사고를 쳐버렸어요!"

"황우 부장이? 무슨 사고? 그 순한 사람이 무슨 사고를 쳤다는 거야?"

"형님, 어제저녁에 고 계장님한테 전화가 왔어요. 황우 부장이 그동안 형님이 주가조작 사건을 파헤친 사건 중에서 고위직 전관 검사들이 관련된 사건이 있었다면서요?"

"있었지, 그런데 그것 관련한 내용은 다 빼고 수사를 진행했는데? 사건 진행조차 하지 않았어. 인지 단계에서부터 미리 다 빼고 사건을 진행했다고."

"그러니까 형님, 형님이 빼고 진행했던 파일을 모아서 황우 부장이 따로 인지 사건 보고서를 만들어 지검장 방에 직접 찾아갔대요."

"헉!"
은호는 그 사건 파일의 은밀한 부분을 너무 잘 알고 있었다.

"형님, 도대체 그 사건 파일에 뭐가 들어가 있는 거예요? 황우 부장이 며칠 버티다가 내일 저 아래 해남지청으로 발령이 나서 간대요."

"해남지청? 그럼, 옷 벗고 나가라는 거네. 황우 부장이 왜 그런 무모한 일을 벌였을까?"

은호는 황우 부장의 행동을 도저히 이해하지 못하겠다는 듯 말했다.

"형님 도대체 뭔데요? 그렇게 수사 실력 있고, 실적이 많은 황우 부장이 어떻게 한 방에 날아갈 수 있는 거예요?"

"수형아, 우선 급한 것은 지금 바로 여기서 나가면 고 계장님한테 전화해서 내 방 태블릿 PC하고 책상 맨 아래 서랍에 있는 서류를 좀 챙겨 달라고 해줘. 수형이 네가 좀 보관하고 있어. 아주 중요한 일이야."

은호는 아주 심각한 표정으로 이수형 변호사에게 부탁했다.

"그렇지 않아도 고 계장님이 은호 형님이 쓰던 사무실

을 서둘러 정리해야 할 것 같다고 형님한테 물어보라고 해서 왔어요. 내일 황우 부장이 해남지청으로 가고 다른 부장 검사가 오면 어떻게 될지 모르겠다고요."

"황우 부장이 나와 자기에게 미안한 것이 너무 쌓여 있었나 보다. 그러니 직을 걸고 지검장한테 들이댔겠지."

"은호 형님, 그게 무슨 말이에요?"
"황우 부장이 만든 내사 보고서에는 지난달 서울지검장이 된 윤영모 검사장 부인이 주가조작에 개입한 증거가 있어."

이번엔 이수형 변호사가 뒤로 넘어갈 듯 놀랐다.

"네? 형님 진짜요?"
"쌍둥이 애널리스트 사건 파일을 만들 때 발견했는데, 내가 일부러 그 부분을 뺐거든, 그런데 황우 부장이 수사를 진행하면서 알게 된 거야."

"아……. 황우 부장이 역린을 건드렸네요. 차기 검찰총장의 마누라를……."

이수형 변호사도 그제야 이해하겠다는 듯 고개를 끄덕였다.

"그 사건을 기소하고 한번은 내 방에 황우 부장이 찾아와서 묻더라고, '은호 씨도 알고 있었죠?'라고 하면서."

"형님, 그래서요?"
"알고 있다고 했지. 그러니까 왜 뺐냐고 묻더라."

"형님, 왜 뺐어요?"
"그때 내가 황우 부장에게 이렇게 말했어. '황우 부장님하고 같이 오래 있고 싶어서요.'라고."

"그러니까 황우 부장이 뭐래요?"
"한숨을 쉬면서 그러더라, 미안하다고······. 대한민국 검사가 이것밖에 안 돼서 미안하다고······."

"아······. 그럼 이번에 황우 부장이 내사 보고서를 만들어 지검장을 찾아간 것이 어쩌면 형님에게 미안해서 그랬겠네요."

"검사인 자기 자신에게도 미안했을 것이고…….."
"형님 그러면 고 계장님은 어떻게 되는 거예요?"

"고 계장은 그대로 있게 될 거야. 수형아, 지금 이러고 있을 때가 아니다. 빨리 남부지검으로 가서 형 자료를 빨리 챙겨 줘. 그게 지금 제일 중요해. 태블릿 PC하고 자료를 받으면 네 사무실에도 두지 말고 모르는 곳에 잘 좀 보관해 줘, 꼭. 거기에 정말 중요한 자료들이 있어. 내가 남부지검에 출근하면서 알게 된, 나중에라도 세상에 알려야 할 내용을 거기에 다 모아 놨거든. 수형아, 빨리 좀 움직여 줘. 빨리!"

∴ ∴ ∴

이미 잘 알려진, 보수언론 기자와 고위직 검사가 짜고 2020년 4월 총선에 개입하려 했던 '검언 유착 사건' 때도 이수형 변호사는 은호를 도왔다는 이유로, 검찰로부터 오랜 기간 곤욕을 치렀다.

은호는 한 원장이 준 메모지를 펴 놓고 전화를 걸었다.
"여보세요?"

이수형 변호사는 은호의 독특한 목소리를 단번에 알아들었다.

"어? 은호 형님? 도대체 어떻게 된 거예요? 형님……. 왜 저한테도 연락을 안 해요. 지금 베트남에 있다면서요."

"그래 맞아, 베트남이야. 수형아, 잘 지내고 있어?"
"잘 지내기는요. 그냥 죽지 못해 사는 거죠. 어떻게 해요. 이제 다 잊고 먹고사는 데 집중해야죠, 뭐. 제가 형님을 얼마나 찾았는데요."
"왜? 무슨 일인데 수형아."

"형님, 제가 보낸 메일 읽어 봤어요? 거기 첨부 파일하고."
"지금 보고 있는데, 이게 무슨 내용인데?"

막 메일함을 열고 천천히 읽어 내려가던 메일 내용은 이랬다.

싱가포르의 어떤 사모펀드 회사가 한국의 코스닥 회사 한 곳과 한강(Hangang River)의 레저 관련 비즈니스에 2천만 달러 정도를 투자하려고 하는데, 투자에 관한 '위험성을 마지막으로 점검해 달라'는 컨설팅 자료였다.

"은호 형님, 제가 공개된 외부 감사 자료를 보고 표면적인 수치 같은 것은 체크할 수 있겠는데, 내밀한 부분은 형님이 좀 도와줬으면 해서요. 제가 컨설팅 비용은 따로 잘 챙겨 드릴게요. 형님이 꼭 좀 도와주세요."

"그래 수형아, 도와줄게. 근데 이거 급한 거야? 대충 봤는데 빨리해도 일주일은 걸릴 것 같은데?"

"네 형님, 시간이 좀 급해요. 그래서 제가 형님을 얼마나 찾았는데요. 싱가포르에 사는 대학 동기가 돈벌이 좀 해보라고 연결해 줬는데, 첫 거래라 신경이 많이 쓰여요."

"그래. 그럼 수형아, 지금 특별히 할 일도 없으니까 서둘러 볼게. 그리고 시간이 급하다고 하니까, 파일이 모두 마무리되기 전에라도 중간중간 파악한 내용을 메일로 보낼 테니까, 나머지는 네가 정리하고."

"넵! 형님 감사합니다."

수형이의 급하다는 말에 은호는 밤낮을 가리지 않고 분석 파일을 만들어 갔다. 마치 남부지검 금조부 특별실에서 급한 사건을 처리하듯 그렇게 했다.

꼬박 4일이 지나서야 이수형 변호사가 부탁한 싱가포르 사모펀드 회사의 요구인 투자 '리스크 리포트(Risk Report)'를 완성해서 보냈다.

은호가 파악해 낸 전체 내용을 보면, 투자 회사는 싱가포르에 있는 모리얼(Morial)이라는 투자 펀드 법인으로, VCC(Variable Capital Company) 형태의 회사였다.

운영 자금의 규모는 미화 3억 달러가량 되었다.
이전에도 한국에 있는 상장 회사에 투자한 이력은 있으나 큰 재미를 보지는 못했다.

그리고 은호가 파악한 바로는 이수형 변호사가 조사를 부탁한 한국의 투자 대상 역시 굉장히 위험도가 높은 곳이었다.

모리얼이 투자를 계획하고 있는 코스닥 회사는 이미 6개월 전부터 인위적으로 주가를 부양한 흔적이 역력했고, 회사의 경영진에도 위험한 인물들이 보였다.

이것은 모리얼로부터 투자받을 금액에 대비해서 주식

수를 적게 배정하기 위한 사전 작업으로 파악했다.

모리얼의 또 다른 투자 대상인 한강의 레저 비즈니스라는 것 역시 큰 투자 위험성을 내포하고 있었다.

한강의 요트장과 부대시설의 운영권과 관련한 사업이다.
하지만 조만간 해당 부대시설 등은 경매를 진행할 예정이라 분쟁이 예상됐다.

심지어 내부에서는 임차인들이 경영진에 대한 항의를 벌이고 있던 차였다.

이 밖에도 몇 가지 투자위험 요소와 가능성을 추가해서 기재하고, 이수형 변호사에게 파일을 만들어 보내주었다.

그리고 이틀이 지났다. 이수형 변호사에게서 다시 전화가 왔다.

"은호 형님, 저예요."
"그래, 보낸 파일은 잘 봤어?"
"네 형님이 보내자마자 제가 정리해서 모리얼로 보냈는

데요…….”
"그래 잘했네. 그럼, 다 됐지?"

이수형 변호사의 목소리 톤은 이야기의 다른 방향을 암시하고 있었다.

"아니 형님, 그게 아니고요. 모리얼에서 형님을 좀 만날 수 없냐고 연락이 왔어요. 형님이 싱가포르로 오신다면 모든 경비는 모리얼에서 다 부담한다고요."

은호는 이수형의 제안이 부담스러웠다.
"내가 거길 왜 만나? 잘 알지도 못하고……, 내 영어 실력도 그 정도는 못 되고……."

"형님, 모리얼의 펀드 책임자가 한국 사람이에요. 형님 리포트를 보고 무척 마음에 들었나 봐요. 저에게 자꾸 물어오는데, 말하지 않으려다가 계속 물어와서 할 수 없이 '아는 형님이 리포트를 작성했다'라고 말했어요. 저도 같이 오래요. 같이 만나요, 형님. 저도 형님 얼굴 보고 싶고요……. <u>흐흐흐</u>."

은호는 이수형 변호사의 제안을 고민하다가 결국 싱가포르로 가기로 했다.

베트남은 코로나 팬데믹(Corona pandemic) 때문에 무비자로 체류할 수 있는 기간은 15일이었다. 은호는 급히 한국을 떠나야 했기 때문에 비자 문제도 미처 완벽하게 준비하지 못했다. 이제 며칠 남지 않았다.

선가 한의원 한동수 원장의 도움으로 비자는 연장할 수도 있지만, 싱가포르에 다녀오면 베트남 체류 비자가 자동으로 연장되기 때문에 그런 수고를 덜 수도 있었다. 베트남을 잠시 떠나있는 동안 숙소의 간단한 생활 도구는 한 원장이 잠시 보관해 주기로 했다.

싱가포르로 떠나기 전, 오랜만에 조율사 은선 스님과도 전화로 안부를 주고받았다. 베트남에 있는 한 원장의 소식도 함께 나누었다.

은선 스님은 급한 일이 생겨서 부산에서 서울로 올라가는 길이었다. 오두석(장기 미집행 사형수)의 건강 때문이라고 했다.

은호는 처음에는 그렇게 다시 베트남으로 돌아올 것이라 마음먹고 일주일 일정으로 싱가포르를 향해 출발했다.

모리얼 사모펀드는 은호에게 충분한 배려를 해주었다. 베트남에서 싱가포르로 가는 항공권은 일등석이었고, 호텔 역시 최고급 리츠칼튼 싱가포르의 스위트룸(Suite Room)으로 예약되어 있었다.

그가 창이 공항에 내렸을 때는 이미 고급 세단이 기다리고 있었고, 호텔의 체크인까지 친절하게 도와주었다.

이수형 변호사는 진행 중인 재판 업무 때문에 이틀 후 싱가포르에 도착하기로 했다.

모리얼 사모펀드 측도 이수형 변호사가 도착하면 그때 같이 만나기로 했다.

창이 공항은 은호가 회사를 경영할 때 국외 출장길에 환승 때문에 몇 번 들렀던 적은 있지만, 싱가포르에 체류하기는 이번이 처음이었다.

그는 호텔 스위트룸에 간단히 짐을 풀고 베란다로 나가 보았다. 호텔 바로 앞에는 한눈에 다 들어오지도 않는 커다란 정원이 펼쳐져 있었다. 싱가포르 보타닉가든(Singapore Botanic Gardens)이다.

초저녁이라 어둑어둑했지만, 화려한 조명과 어우러진 정원에는 아직도 많은 관광객이 산책하고 있었다.

은호도 크로스백만 챙겨 나가 보기로 했다.

싱가포르 보타닉가든은 여러 가지 테마의 정원과 숲으로 이루어져 있었다. 길을 걸을 때면 은호는 버릇처럼 늘 귀에 에어팟을 끼고 음악을 들었다.

얼마나 걸었는지 몸에는 땀이 흐르고, 비틀스의 〈헤이 주드(Hey Jude)〉를 들으며 머리를 끄덕거렸다.

Hey Jude 헤이, 주드
Don't make it bad 그다지 나쁘게 생각하진 마
Take a sad song and make it better 슬픈 노래를 좋은 노래로 만들어 보자고
Then you can start to make it better 그러면 넌 조금이라도 괜찮아지기 시작할 거야
Hey Jude 헤이, 주드
Don't be afraid 두려워하지 마

노래를 중간쯤 들을 때였다. 그때 누군가 뒤에서 은호를 흔들었다.

"은호 씨, 뭐야. 그렇게 불러도 대답이 없어요."

은호는 귀에서 에어팟을 빼면서 뒤를 돌아다봤다. 배채움 변호사였다. 은호는 깜짝 놀랐다.

다소 황당하기도 하고 어안이 벙벙해서 그는 배 변호사를 멀뚱멀뚱 쳐다보고만 있었다.

"아니 내가 잘못 봤는지 생각하고 다시 앞으로 가서 보고, 어디서 봤나 생각하다가 갑자기 어? 은호 씨다. 하고, 큰 소리로 부르면서 왔는데……. 은호 씨 나 기억 안 나요? 배채움! 흐흐흐."

"왜 기억이 안 납니까, 내 배를 채우면 네 배도 채우고……."
"그렇지! 내 배 좋고 님 배도 좋고! 하하하."

배채움 변호사는 마치 오래 헤어졌던 가족을 다시 만난 것처럼 뛸 듯이 좋아했다.

"은호 씨, 여기 3분만 기다려줘요. 내가 저 앞에 일행을 먼저 보내고 올게요. 나랑 오늘 술 한잔합시다. 어디 가지 말고 여기서 딱 기다려요? 꼭! 여기서 딱!"

배채움 변호사는 앞쪽에 서 있는 무리에게 달려갔다. 배 변호사 일행은 서너 명의 경호원 같은 남자들의 보호를 받는듯한 여성 노인과 중년의 남자 두 사람이 배 변호사가 오기를 기다렸다.

은호가 배채움 변호사를 다시 만난 것은 2018년 '5동 하층'을 나온 뒤로 처음이다.

2018년 어느 봄
서울 남부구치소 변호사 접견실

배채움 변호사는 '우미 바이오 홍상원 회장 사건' 이후로도 은호가 5동 하층을 떠날 때까지 세 번을 더 사건 진행을 제안했다.

두 번은 '우미 바이오 홍상원 사건'과 비슷하게 자신과 가까운 기업인의 비리 내용을 들고 은호를 찾아왔다.

그중 한 번은 배채움 변호사 자신이 고문 변호사로 일하는 기업의 비리 자료를 들고 왔었다.

즉, 자신이 법률 자문해 주는 회사나 오너(Owner) 관련한 내부 비리 자료를 모아두었다가 은호에게 건네주었고, 은호는 그 자료를 활용해서 사건 파일을 만들어 냈다.

그리고 은호가 만들어 낸 사건 파일이 내사 단계를 거쳐 형사 사건으로 발전하면 배 변호사는 다시 해당 사건을, 거액을 받고 자신이 수임하는 것이었다.

은호는 배 변호사가 가져온 사건을 속전속결로 처리했다. 당연히 모두 구속기소 되었다. 배채움 변호사는 그렇게 기업과 오너를 옭아매고, 매번 그 사건을 거액에 자신이 수임했다.

또 다른 한 번은 은호와 관계없이 배 변호사 자신이 직접 수임한 기업 범죄 사건에 대해서 변론 방향을 찾아달라는 제안이었다.

은호는 검사들의 수사와 기소 방식을 너무도 잘 알고 있었기 때문에 방어하는 방법도 잘 알고 있었다.

배채움 변호사는 은호의 도움으로 1심에서 검사들이 기소한 내용 중에서 '일부 무죄'를 끌어냈고, 자신의 의뢰인을 집행유예로 석방했다. 그러고는 또 거액의 성공보수를 챙겼다.

배채움 변호사는 은호의 사건 분석 능력과 자본시장법의 해석 능력에 대해서 감탄하지 않을 수 없었다. 은호가 '5동 하층'을 떠나려 할 즈음에도 배채움 변호사는 은호를 찾아왔다. 그때가 마지막이었다.

"은호 씨, 여기서 나오면 뭐 할 겁니까?"
"저요? 배 변호사님 때문에 나쁜 짓을 많이 했으니까 어디 기도원에 가서 몇 달 회개라도 해야죠."

은호는 배 변호사를 비웃듯 대답했다.

"은호 씨, 나쁜 짓이라뇨. 은호 씨는 우리나라 경제 정의를 실현한 사람이에요. 은호 씨가 사건을 수사해서 거둬들인 벌금과 추징금이 제가 계산한 것만 해도 3백억 원이 넘어요. 이것이 나쁜 짓입니까? 하하하."

배 변호사는 어떤 의도에선지 은호를 한껏 치켜세웠다.

"됐구요. 또 오신 용건이 뭡니까?"
은호는 퉁명스럽게 물었다.

"은호 씨, 여기서 나오면 저랑 같이 일합시다!"
전혀 뜻밖의 제안이었다.

"우리 로펌에서 같이 일합시다! 제가 연봉하고 인센티브하고 잘해 드리겠습니다. 아, 물론 은호 씨는 구속된 전력이 있어서 로펌 소속으로 직접 등록은 좀 복잡하긴 한데……. 그건 어떤 형식으로든 제가 알아서 정리할 테니까 저랑 같이 일해 봅시다!"

배 변호사의 제안에 은호는 고민을 오래 하지 않았다.

"고맙지만, 나가면 할 일이 있어요. 그리고 이제 그놈의 법이 좀 지겹습니다. 법이라는 단어와 좀 멀리 떨어져서 살고 싶네요."

은호는 오래전부터 담장 밖으로 나가게 되면 자신이 억울하게 구속된 과정을 구체적으로 밝힐 것을 다짐했다.

이 사회에 끝없이 얽혀져 있는 법조 카르텔의 혈관과 실핏줄을 직접 경험하고 목격했으니, 지금의 법으로는 도저히 밝히기 어려울 것 같아서 법 이외의 방법으로 해결하려고 했다.

서울대학병원 간암 센터. 1

 큰 수술을 앞두고 마지막 조직검사를 마친 오두석은 침대에 누워 잠들어 있었다. 옆에는 교도관 두 명이 의자에 앉아 있고, 병실 밖에도 두 명의 교도관이 앞을 지키고 있다.

 은선 스님은 거친 숨을 몰아쉬면서 병실 안으로 들어섰다.
 병실 안 의자에 앉아 있던 교도관 중에서 나이든 선임 교도관이 은선 스님을 알아봤다.

"스님 오셨어요. 제가 수술 끝나면 그때 전화를 드리려고 했는데요."
"수술이 우째 댈지 알고. 와 봐야지. 얼굴이라도 한 번 더 볼라카믄."

 은선 스님은 오두석의 수술 소식을 듣고 부산에서 한걸음에 달려온 것이다.

그리고 바로 또 병실 문이 열리더니 윌리엄, 아니 정진도 병실 안으로 들어왔다. 은선 스님과 선임 교도관은 아랑곳하지 않고 대화를 이어갔다.

"그래 우예 된다 카는데?"
"이따가 박사님이 오실 겁니다, 스님."

병실 안으로 들어온 윌리엄은 큰 키로 마치 위성에서 관찰하듯 높은 곳에서 병실 안 이곳저곳을 살폈다.

한쪽 옷걸이에 걸어 놓은 재소자가 입는 수형복이 보였다. 수형복 왼쪽 가슴에는 번호가 붙은 붉은색 명찰이 있었다, 1010.

윌리엄도 붉은색 명찰이 무엇을 뜻하는지 알고 있었다.

구속된 재소자의 가슴에 붙는 명찰의 색깔로 죄명을 구분한다. 일반인은 흰색, 조직폭력배는 노란색, 마약사범은 파란색 그리고 사형수가 붉은색이다.

병실 침대에 누워 있는 오두석은 사형수다.

사형을 선고받았으나 아직 형이 집행되지 않은 장기 미집행 사형수이다.

사형수는 미결수(대법원에서 형이 확정되기 이전의 죄수)다.
재판이 끝나고 형이 확정되면 기결수(대법원에서 형이 확정된 죄수)의 신분이지만, 사형수에게 형의 집행이란 죽음을 말하므로, 살아 있는 사형수는 모두 미결수다.

∴ ∴ ∴

오두석은 철도청 하급 공무원이었다.
가난했지만 매우 성실한 공무원이었다. 착하고 아름다운 아내를 만났고, 살림은 변변하지는 못했지만, 행복한 신혼 가정을 꾸리며 살고 있었다. 그의 불행은 아내에게서부터, 아니 하늘에서부터 시작했다.

오두석의 아내는 어떤 사이비 종교에 빠져들었다.
가정생활을 점점 소홀히 하고, 외박도 잦았다. 오두석은 '교회는 나쁜 것은 가르치지 않아'라는 믿음으로, 처음에는 아내가 교회 행사로 외박이 늘어가도 큰 걱정은 하지 않았다.

그러더니 끝내 아내가 사라졌다. 세 살짜리 딸아이를 두고 종적을 감춰 버린 것이다.

오두석은 딸아이를 홀어머니에게 맡기고, 직장에 휴가를 낸 후 아내를 찾아다녔다. 전국을 미친 듯이 돌아다녔다.

그 교회의 신도들을 만나서 사정하며 수소문했고, 그 교단의 수련회 같은 행사가 있으면 몰래 잠입하기도 했다. 그렇게 아내를 찾아 전국을 헤매고 돌아다닌 지 열 달이 다 돼서였다.

오두석의 사정을 애처롭게 생각하던 그 교단의 신도로부터 어느 날 연락이 왔다.

"오두석 씨 접니다. 제가 지금 불러주는 주소로 가보세요. 그곳에 오두석 씨의 아내가 어제부터 입소했습니다. 가평 못 가서 청평입니다. 절대 제가 알려줬다고 누구에게도 말해서는 안 됩니다. 그럼, 저도 위험해집니다. 아시겠죠."

몹시 추운 겨울 날씨임에도 오두석은 외투도 변변히 걸치지 않고 주소를 적은 메모지를 한 손에 꼭 쥐고 달려갔다.

'어쩌면 이번이 마지막 기회일 것이다.'라는 생각에 오두석은 택시 기사에게 양해를 구하여 주소지에 있는 '하늘의 궁' 입구가 잘 보이는 곳에 택시를 대놓고 입구만을 주시했다.

도착은 낮에 했지만 해가 저물 때까지 기다리고 또 기다렸다. 얼마를 기다렸을까, 비취색의 옷을 입은 한 무리가 '하늘의 궁' 안으로 들어가기 시작했다. 그는 아내를 알아보았다. 오두석은 터져 나오는 탄성을 손으로 막고 눈물을 흘리면서 다시 아내를 확인했다.

"제 아내가 맞아요."
오두석은 자신도 모르게 그렇게 말했다. 그리고 다시 정신을 차려 옷소매로 눈물을 닦아 낸 후, 택시를 돌려보내고 '하늘의 궁' 앞으로 걸어갔다. 아내가 걸어 들어간 그 입구로 들어가려 했다.

입구에서는 건장한 청년들이 나와 오두석을 막았다.

오두석은 미친 듯이 아내의 이름을 부르면서 몸부림을 쳤다. 건물 안에서 더 많은 건장한 청년이 나와 오두석을 두들겨 팼다. 하지만 오두석은 아무런 고통도 느끼지 못하는 듯 소리쳤다.

"내 아내가 그 안에 있다고! 한 번만 만나게 해달라고요! 제발……."

오두석은 흠씬 두들겨 맞으면서 포기하지 않고 흐느끼며 아내의 이름을 불렀다.

그때였다. 멀리서 그의 아내가 나이가 좀 들어 보이는 남자와 같이 입구 쪽으로 걸어 나왔다. 오두석은 아내를 보고 다 으스러진 몸을 일으켜 세웠다.

아내 앞으로 가려고 했다. 그러자 다시 젊은 사람들이 오두석을 가로막았다. 아내와 함께 나온 나이 든 남자가 아내를 바라보자, 아내가 입을 열었다.

"제발 이제 저를 놔주세요. 제발 저를 찾지 말아 주세요. 제발!"

그렇게 화를 내듯 말하고 아내는 건물 안으로 들어가 버렸다. 아내와 함께 나온 나이 든 남자가 오두석에게 말했다.

"이제 확인하셨습니까? 본인 입으로 확인하셨죠? 다시는 이곳에 오지도 찾지도 마세요. 아시겠습니까!"

너무도 단호한 어투였다.
오두석은 그 자리에 무너져 내리고 말았다.
밤이 깊어지면서 날씨는 더욱 추워졌다.

몇 시간이 흘렀다.
오두석은 너무 환한 불빛에 눈을 잠시 떴다.
오두석의 눈에 비친 불빛은 전깃불이 아니었다.

그 불빛은 아내가 있는 건물이 타오르는 검붉은 빛이었다.

그것을 잠깐 바라보다 오두석은 다시 깊은 잠에 빠져들었다.
주변에는 대여섯 개의 소주병이 굴러다녔고, 20리터짜리 기름통도 비워진 채 누워 있었다.

오두석이 다시 눈을 뜬 곳은 경찰서의 형사 책상 앞이었다.

"오두석 씨, 정신이 좀 드세요? 왜 그랬어요. 11명이 죽었습니다. 당신의 아내를 포함해서요."

형사는 모든 것을 알고 질문했다.

오두석은 이렇게 대답했다.

"너무 추웠어요. 아내도 제가 없으면 추울 것 같았어요."

30여 년 전 오두석은 그렇게 '붉은 명찰'을 달았다.

싱가포르 탄종 파가 로드 (Tanjong pagar Road)

"은호 씨. 내가 은호 씨가 없어서 얼마나 손해를 봤는지 알아요? 큰 사건 수임할 것 다 놓치고 말이야……. 하하하."

배채움 변호사와 은호는 싱가포르의 한인타운인 탄종 파가 로드의 고급 일식집에서 자리를 같이하고 있었다. 배 변호사는 무엇인가를 계속 떠들었고, 은호는 간간이 대꾸하고 있었다.

"그래도 배 변호사님 보면 아직도 팔자는 좋은 것 같은데요, 뭐. 여기까지 관광도 오시고."

"저요? 관광하러 온 거 아닙니다? 일하러 온 겁니다, 일. 은호 씨는 여기 싱가포르에는 왜 왔어요? 이제 세계 금융시장의 메카, 싱가포르도 은호 씨의 능력을 인정해 준 겁니까? 하하하."

술잔을 거듭 부딪칠수록 이들의 대화는 깊어져 갔다.

"은호 씨, 우리 이제 정말 돈 좀 법시다. 이제 은호 씨도 다른 쓸데없는 일에 끼지 말고, 나랑 같이 이제 돈 법시다. 은호 씨랑 나랑 힘을 합치면 그까짓 돈이야 뭐! 하하하."

"배 변호사는 여기 무슨 일을 하러 왔어요?"
배 변호사의 눈빛이 갑자기 진지해지면서 은호 앞으로 얼굴을 가까이 대고 비밀을 털어놓듯 속삭였다.

"은호 씨, 아까 그 공원에서 나랑 같이 걷던 일행 봤어요?"
"자세히는 못 보고, 언뜻 봤어요. 한 노인분도 계신 것 같고."

배 변호사는 주변을 한 번 더 경계하듯 둘러보고는 더 작은 목소리로 말했다.

"은호 씨도 봤네. 그 노인네가 누군지 알아요? 그 사람이 바로, 윤영모 장모님! 호호호."

"장금숙?"
은호는 너무 놀란 듯 바로 되물었다.

"장…… 그음…… 수욱. 윤영모 장모, 영부인 엄마! 호호호."

"정말 장금숙? 어떻게 배 변호사랑 장금숙이 여기를 같이 왔죠? 도대체 어떻게"

서울대학병원 간암 센터. 2

은선 스님은 가족이 해체된 사형수 오두석을 20년이 넘게 가족처럼 돕고 있었다. 은선 스님과 오두석을 집도할 의사의 대화는 계속됐다.

병실 안 의자에 앉아서 졸던 젊은 교도관 한 사람이, 은선 스님과 오두석의 간암 수술을 집도할 의사의 대화 소리에 눈을 떴다. 그리고 병실 바닥의 마치 보트처럼 커다란 발을 따라 더듬어 눈을 올려다보기 시작했다.

병실 천장에까지 붙어 있는 윌리엄의 몸 전체를 모두 확인하고 교도관은, "뭐야 이거, 이거 뭐야!" 소리치면서 권총 지갑을 더듬다가 의자에서 쓰러졌다. 이 모습을 본 선임 교도관이 말했다.

"당신 왜 그래, 악몽 꿨어? 정신 차리고 조용히 좀 하고 있어! 지금 스님하고 박사님이 대화 중이시잖아!"

"정진아, 이분 정신 차리게 저기서 물 한 잔 가져다드려라."
넘어져 있는 젊은 교도관을 보고 은선 스님이 윌리엄에게 말했다.

윌리엄은 컵에다 생수를 따라서 의자에서 넘어진 교도관에게 건넸다. 컵이 마치 소주잔처럼 작아 보이는 것이 너무나 신기했는지, 젊은 교도관은 윌리엄의 손등을 자기

손가락으로 콕 찔러 보기도 했다.

　은선 스님과 수술을 집도할 박사의 대화는 마무리되어 가고 있었다.

　"박사님예, 오두석 이 사람, 이승을 저승처럼 30년도 넘게 살아온 사람입니더. 이 사람한테는 꿈이 하나 있심니더. 그거만 하고 가게 도와주이소."
　"네 스님 잘 알겠습니다. 우리 팀도 최선을 다하겠습니다. 너무 걱정하지 마세요."

　은선 스님은 대화를 마무리할 때쯤 애처로운 마음으로 잠들어 누워 있는 오두석의 발목을 더듬어 어루만졌다. 그러다 무엇인가를 발견하고 소리쳤다.

　"야이 땜통[19]들아! 일루와 바라! 이게 모꼬! 엉!"

　은선 스님은 오두석이 덮고 있는 이불을 걷어 젖히고 오두석의 발목을 가리키며 교도관들에게 호통을 쳤다. 오

---

19) 교도관을 낮춰 부르는 은어

두석의 발목에는 족쇄와 사슬이 채워져 있었다.

"스님, 스님, 그게 아니고요, 규정상 저희도 어쩔 수가 없어요."
선임 교도관이 은선 스님에게 쩔쩔매면서 사정했다.

"규정? 너들이 그래 규정을 잘 지키나? 어! 썽썽한 놈들은 돈 있고 배슬 쫌 있다고 허구헌 날 휠체어까지 끌어 주믄서, 어 아파가, 이제 다 죽어가는 사람한테 수갑에 족쇄? 장난하나 지금!"

"스님, 스님······. 그래도 사형수라 규정이 좀······. 저희도 어쩔 수가······."

"칵 마! 빨리 안 푸를래! 어! 이 바라 발에 피도 안 통한다 아이가······. 너들 스님 입에서 염불 아이고 욕 나오는 거 한번 볼래! 어!"

이 말싸움을 지켜보던 집도의는 곤란한 듯 스님에게 가볍게 인사를 하고 병실을 빠져나갔다.

"오두석이 도망갈까 바 그리나? 어? 그라모 내가 야를 여기다 놓고 퇴원할 때까지 지키라고 할 테이까, 빨리 푸르라 고마! 진이 니도 알았제?"

윌리엄은 웃으면서 대답한다.
"네 걱정하지 마세요. 이분 퇴원할 때까지 제가 지키고 있을게요."

선임 교도관은 윌리엄의 체격을 다시 한번 훑어보고 스님에게 묻는다.

"스, 스님, 이분이 누구…… 신데…… 저희랑……. 여기서 같이요?"
"내 아들이다, 와! 내가 책임진다꼬! 빨리 발에 이거나 풀으라꼬!"

선임 교도관이 갑자기 떠올린 것은 오두석이 병실에서 도망치는 것보다, 윌리엄과 몇 날 며칠을 같이 지내야 한다는 것에서 느낀 두려움이다.

그리고 의자에 앉아 있는 젊은 교도관에게 소리친다.

"야! 김 주임, 이거 빨리 풀어……. 아니 열쇠 줘. 그냥 내가 할게."

그제야 은선 스님도 화가 풀리는 듯 웃으면서 말한다.
"진이 니는 여 땜통 아재들이 이거 다 풀어 주는 거 보고 병원 앞으로 나와라 알았제?"

은선 스님은 주위를 휘돌아보고 오두석의 병실을 나섰다.

다시 싱가포르 일식집

배채움 변호사와 대통령의 장모 장금숙이 함께 싱가포르에 오게 된 경위를 은호는 집요하게 캐물었다.

배채움은 마치 자신이 무쇠 갑옷을 입은 것처럼, 자신이 갖게 된 장금숙이라는 배경을 가지고 은호를 압도해 보겠다는 어투로 자신과 장금숙이 함께 싱가포르에 오게 된 과정을 설명하기 시작했다.

배채움 변호사가 있는 로펌에서 '유 전무'라는 사람을

사무장으로 영입했다.

유 전무는 검찰 수사계장 출신으로, 지금은 대통령이 돼버린 윤영모가 대검 과장 시절부터 윤영모의 수족 역할을 했다.

서울지검장 때는 서울지검 사무국장으로 윤영모를 가까운 거리에서 보좌했던 사람이다.

그리고 윤영모가 대통령에 당선됐으니, 아마 곧 대통령실로 들어갈 예정이었다. 유 전무는 대통령이 된 윤영모보다 장금숙과 더 오래된 관계인 것이다.

장금숙이 윤영모를 사위로 맞기 훨씬 이전부터, 윤락 숙박업소 등 불법 사업을 많이 하던 장금숙의 법률 관련 민원을 뒤에서 처리해 주며 깊은 관계를 맺었다는 것이다.

윤영모가 대통령에 당선은 됐지만 아직 취임식도 하지 않았는데 장금숙은 이미 이권 개입을 하고 있었고, 대통령 경호실의 관리까지 받았다.

장금숙이 배 변호사와 동행해서 싱가포르에 오게 된 경위는 이랬다.

강원도의 한 대형 폐기물 업자가 자신의 사업 확장과 관련한 이권을 두고 배 변호사에게 부탁했고, 배 변호사는 유 전무를 통해서 장금숙에게 로비를 시도한 것이다.

한국에서는 보는 눈들이 많았다.
그래서 골프를 좋아하는 장금숙을 싱가포르로 불러내서 폐기물 업자와 장금숙, 배 변호사, 유 전무가 함께 골프를 치면서 로비를 마무리하기로 했다.

그런데 갑자기 폐기물 업자가 권력의 어떤 대리인 정도가 아니고 대통령 당선인 장모 장금숙이 직접 온다는 말에 너무나 큰 부담을 느꼈다.

그렇게 고민을 거듭하다가 만나기로 한 날 하루 전에 폐기물 업자가 약속을 취소해 버렸다.

할 수 없이 배 변호사는 폐기물 업자를 대신해서 사흘 동안 장금숙과 접대 여행을 했고, 내일 저녁 비행기로 다시 한국에 돌아간다는 것이었다.

"은호 씨, 그러니 내가 열이 엄청나게 받았지. 온다는 놈이 안 오고 내가 이 비용 다 써 가면서 이게 뭐냐고……. 그런데 이런 데서 갑자기 은호 씨를 만나니까, 그놈의 화가 싹 사라져 버리네? 하하하."

"그래도 다행이네요. 화가 사라졌다니."
은호는 애써 담담하게 대했다.

"은호 씨, 이제 나랑 같이 일 좀 합시다! 내가 이번에 잡은 줄? 이거 만만치 않은 거예요! 동아줄이 그냥 동아줄이 아니라고, 강철 와이어야! 하하하."

"안 보는 사이에 배 변호사님 배가 더 커졌네요. 간도 커지고."

"은호 씨, 세상은요 원래…… 학력 없고, 빽도 없는데 커지면 '바늘 도둑이 소도둑 됐다!'라고 하는 것이고, 나 같이 학벌 좋고 빽 좋고 그런 사람한테는 '와, 스케일이 굉장히 커지셨습니다.' 그러는 겁니다. 은호 씨도 세상 경험 다 해봤으면서 뭐……. 하하하. 농담이에요."

은호는 자신을 비웃는 듯한 배 변호사의 말에 자신의 지나온 세월을 돌아보면서 동의하지 않을 수 없었다. 그리고 고개를 끄덕였다.

"은호 씨. 나야 법 공부하고, 판사질하고, 변호사질 하느라 이권 사업 같은 것은 알 수도, 찾을 수도 없어요. 은호 씨야, 어려서부터 경험이 많잖아. 회사 오너도 해보고, 특히 머리도 좋고……. 은호 씨 나랑 손잡고 큰돈 한번 벌어 봅시다! 어? 은호 씨! 하하하."

배채움 변호사는 이미 크기도 가늠할 수 없을 만큼 커진 욕망의 복부에 온 세상을 다 집어넣을 것처럼 자신 있게 웃었다. 그의 불행은 여기서부터 시작했을까?

"은호 씨, 돈 되는 사업 좀 찾아봐요. 다 돼! 앞으로 5년 안에 우리 떼돈 좀 벌어 보자니까! 하하하."

배 변호사의 복부에 욕망이 가득 채워지는 그 순간순간의 장면을 잘 기록해 낸다면, 이렇게 외국을 떠도는 일을 어쩌면 하루라도 빨리 끝낼 수도 있겠다고 생각하며 은호는 자신의 뇌리에 깊이 새겼다.

싱가포르 다운타운 코어 (Downtown Core). 1

엘리베이터 문이 열렸다.

은호와 이수형 변호사를 초청한 모리얼 사모펀드의 책임자는 아름다운 여비서와 함께 이미 마중을 나와 있었다.

50대 중반의 건장하고 부와 품위가 흐르는 한국 남자였다.
"Welcome Mr. Tiger!"

은호와 이수형 변호사가 모리얼 사모펀드의 초대로 도착한 곳은 싱가포르 다운타운 코어(Downtown Core) 지역에 있는 '리퍼블릭 프라자(Republic Plaza)'였다.

안내 데스크에 기다리고 있던 모리얼 사모펀드의 직원

을 따라 엘리베이터에 올랐다.

은호와 이수형 변호사가 탄 엘리베이터는 정상인 66층에 오를 때까지 단 한 곳에서도 멈추지 않았다. 마치 모리얼 사모펀드의 전용처럼.

엘리베이터 앞에서 만난 모리얼 사모펀드의 책임자라는 남자는 은호와 포옹했고, 이수형 변호사와는 악수로 대신했다.

은호와 이수형은 마중 나온 여비서와 중년 남자를 따라 그들의 사무실 안으로 들어갔다.

내부의 웅장한 별도 안내 데스크, 그리고 손님들의 대기 공간을 지나자 업무 공간이 나왔다.

그리고 다시 몇 개의 문을 더 거쳐 책임자의 사무실로 들어갔다. 고급스럽고 화려한 공간 구성이었다. 그러나 그곳에서 멈추지 않았다.

사무실 안쪽의 길지 않은 복도를 따라 들어가자 또 다

른 문이 자동으로 열렸다.

그곳은 특별한 공간이었다.

실내이지만 실외였고, 실외이지만 실내였다.
싱가포르 도시 전체가 한눈에 들어왔다. 벽과 천장은 모두 특수 유리로 돼 있었다.

한쪽은 작은 연회를 열 수 있는 정도의 주방과 화려한 양주 장식장이 있었다. 고급 가죽으로 된 소파와 테이블은 고풍스러웠다.

은호와 이수형 변호사가 자리에 앉자, 정장을 입은 다른 여직원들이 무릎을 꿇고 메뉴판을 건넸다.

어리둥절해하고 있는 은호를 보고 책임자가 부드럽게 말했다.

"편하게 생각해 주세요. 은호 씨의 이름 '호'는 타이거(Tiger)를 뜻하지요? 저는 레오라고 합니다."

그는 지갑에서 자신의 명함을 꺼내 은호에게 건넸다. 실제 금으로 만든 화려한 명함이었다.

'레오 정(Leo Jung)'
그가 바로 모리얼 사모펀드의 책임자였다.

레오의 명함에는 모리얼 사모펀드 이외에도 몇 개의 사업을 함께하고 있는 것으로 보였다. 그중에는 세계적으로 유명한 피자 체인인 '옐로우 링(Yellow Ring)의 동남아시아 권리자'도 있었다.

또한 말레이시아에 상장한 거대 부동산 개발 회사의 핵심 임원이기도 했다.

"은호 씨의 리포트(Risk Report)는 감동이었습니다."

레오는 칵테일과 음식이 나오자, 입을 간단히 적시고는 무엇인가를 음미하듯 지그시 눈을 감으면서 말을 이어 갔다.

"제가 수십 년 동안 사업을 하면서 많은 사람에게서 여러 가지 제안을 받고, 투자 요청도 받습니다. 그러면서 수

천 가지 종류의 리포트를 받아 봅니다. 그런데 은호 씨의 리포트는 달랐습니다."

레오의 말을 듣고 있던 이수형 변호사가 먼저 손뼉을 치면서 반응했다.

"정 회장님 그렇죠? 맞죠? 은호 형님이 예리합니다. 형님이 예전에는 검사들을 막……."

그때 은호가 이수형 변호사 옆구리를 쿡 찌르면서 말을 막았다.

"네, 이 변호사님. 은호 씨의 리포트를 보면 마치 호랑이가 숨소리를 멈추고 한 발 한 발 조심스럽게 먹잇감에 다가가고…… 그러다가 단번에 먹잇감의 목덜미를 물고 숲속으로 사라지는 듯한……. 정말 리포트에서 호랑이를 봤어요. 정확했습니다. 대단했습니다……. 하하하."

"저는 그저 나쁜 놈들의 나쁜 의도를 찾아냈을 뿐이죠."

은호는 레오가 건네는 쿠바산 시가를 받아 입에 물면서

대답했다.

"이번에 2천만 달러가 투자됐으면 어쩔 수 없이 계약상 9월에 추가로 3천만 달러를 투자해야 했습니다. 그러니 제가 은호 씨에게 감사할 수밖에요."

"회장님, 정말 다행입니다. 큰일 날 뻔하셨네요. 하하하."
이번에도 레오의 말에 이수형 변호사가 먼저 반응했다.

"그럼요. 5천만 달러는 아주 적은 돈이라고 볼 수 없죠."
"정 회장님, 그럼 이번 투자 철회로 다른 피해는 보시지 않았죠? 정말 다행입니다."

이수형 변호사의 립서비스는 적시에 나왔다.

은호는 이수형 변호사의 말을 받았다.
"모리얼은 아마 최소 100억 원 이상의 수익은 보셨을 것 같은데……."

"은호 형님 수익이요? 100억 원? 모리얼은 투자도 하지 않았는데요?"

조율사(調律寺), 봉자와 기타. 1

봄볕이 너무 좋았다.

> 와그라노 니 또 와그라노
> 와그라노 니 또 와그라노
> 와그라노 와우와아
> 와우와아 그랬싸노
> 뭐라캐싸노 뭐라캐싸노 니
> 우짜라고요 네 우짜라고 내는
> 우짤라꼬 니 우짤라꼬 그라노
> 마 고마해라 니 고마해라 니

봉자 보살은 볕 좋은 날 조율사(調律寺) 앞 계단에 앉아 통기타를 치면서 노래를 부르고 있었다. 봄빛은 기타 줄에 퉁겨지고, 음률과 함께 다시 하늘로 솟아 날아갔다.

감천마을 골목 입구에서, 언뜻 봐도 조폭인 듯한 건장한 남자 대여섯 명이 조율사(調律寺) 쪽으로 허겁지겁 걸어오는 모습이 보였다. 봉자는 아랑곳하지 않고 손을 놀렸다.

그 남자들은 걸으면서도 뭔가 깊은 대화를 하면서 조율사(調律寺)로 향했다.

"저기가 그놈이 사는 곳이 맞아?"
일행의 보스로 보이는, 고급 점퍼를 입은 남자가 자신을 따르는 주위 사내들에게 물었다.

"네, 형님! 그 기자가 알려준 곳이 저기가 맞습니다."
쪽지에 적은 주소를 보면서 마른 체격의 남자가 대답했다.

"저기 가면, 이번 일을 망가뜨린 그 새끼를 찾을 수 있다는 거지?"
"넵! 맞습니다. 형님! 저기 가서 찾으라고 했습니다, 형님!"

"개새끼. 우리 명 회장님 뒤통수를 쳐? 어떤 새낀지 얼굴 가죽이라도 봐야지. 개새끼."

가파른 감천마을 골목길을, 숨을 씩씩 몰아쉬며 오르는 이들의 눈빛에서 살기가 뻗쳐 나왔다.

"니들은 처음부터 연장을 쓰지 말고, 그 새끼를 일단 잡아 놓고 배후가 누군지를 먼저 알아내야 해. 알았냐!"

주위에 있던 사내들은 함께 큰소리로 대답했다. "네! 형님!"

"만약에 그 새끼가 반항하면 그때 아킬레스는 한쪽만 먼저 끊어서 차에 싣고 올라가자. 명 회장님한테……."

사내들은 다시 큰소리로 대답했다. "네! 형님!"

조폭들은 조율사(調律寺) 앞 계단에 앉아서 기타를 치고 있는 봉자를 발견했다.

"아가씨, 노래 잘하시네……."
양복을 입은 마른 체격의 사내가 봉자 옆 계단에 앉으면서 비웃듯 말을 걸었다.

"아가씨 여기 살아?"
다른 덩치 큰 조폭이 봉자 앞으로 얼굴을 들이밀면서 물었다.

"와이카는데요?"

갑자기 나타난 사내들에 둘러싸인 봉자는 애써 두려움을 감추며 대답했다.

"와그라노 니 또 와그라노, 아가씨 지금 노래 연습하는 거 아니야? 물어보잖아, 저 형님이……. 여기 살아?"
마른 사내가 한 번 더 봉자를 윽박질렀다.

"여는 사람 사는 데 아이고 절인데예."
주눅이 들어 더 숨어 들어가는 목소리로 봉자가 대답했다.

이들의 대화를 뒤쪽에서 지켜보고만 있던 고급 점퍼 차림의 사내가 다가서면서 소리쳤다.

"야, 이 새끼들아. 바쁜데 지금 소꿉장난해! 나와, 뒤로!"
봉자 주위에 있던 두 남자가 얼른 일어나 뒤로 물러섰다.

"아가씨, 여기 은호라는 놈 있지?"
"호야 오빠예? 여 안 사는데예?"

조폭 보스인 듯한 그 사내가 봉자의 손목을 낚아채고는 강제로 일으켜 세웠다.

싱가포르 다운타운 코어 (Downtown Core). 2

"은호 형님, 수익이요? 100억 원? 모리얼은 투자도 하지 않았는데요?"

이수형 변호사는 거래가 중단된 투자계획에서 100억 원 이상의 수익을 봤을 것이라는 은호의 말에 놀랐고 이해할 수 없었다.

"수형아, 지금 휴대전화로 투자하기로 했던 코스닥 종목 차트를 봐봐. 네가 리포트를 모리얼로 보낸 그날부터 그 주식은 폭락해. 주로 외국계 계좌에서 매도가 나왔어."

이수형은 휴대전화를 열어 차트를 봤다.
"어? 진짜네?"

"모리얼에서 해당 코스닥 회사와 투자 협의를 시작할 때부터 외국계 계좌에서 대규모 매수가 들어왔고, 그 탄력으로 급등하지."

은호의 말을 듣고 있던 레오 정이 "역시……." 하고는 고개를 끄덕였다.

"결국 모리얼이 해당 코스닥 회사의 투자 협의를 시작할 때 따로 주식을 매수했고, 투자위험 리포트가 나오자 대규모 매도를 시작한 거야. 해외에서 대규모 투자가 들어 온다면 엄청난 호재니까. 대강 계산해도 모리얼은 최소 100억 원의 수익을 봤더라고. 주로 JP모건 창구를 통해서……."

레오 정은 은호를 향해 가볍게 찬사의 손뼉을 치면서 일어섰다.

"역시, 은호 씨의 판단력은 호랑이의 그것과 같습니다. 대단하십니다."

조율사(調律寺), 봉자와 기타. 2

봉자의 손목을 움켜쥔 사내는 거칠었다.

"그래? 일어나 봐, 아가씨. 안에 들어가 보게. 그 새끼가 여기 있는지 없는지……."

 봉자는 조폭의 완력에 손목이 부러질 듯 아파 얼굴 찡그리며 몸을 비틀었다. 그때였다.

 슉— 슉— 슉—.
 무엇인가 공기를 가르는 소리가 들리고, '퍽!' 하고 둔탁한 소리가 들렸다.

 조폭 보스의 얼굴 오른쪽에 어디선가 날아온 오렌지가 터졌다. 아니 귤이었다. 얼굴에서 터진 귤은 마치 총알을 맞고 피가 튀어 흩어지듯 귤즙이 사방으로 날렸다.

 그 사내는 갑자기 어디선가 날아온 귤을 맞고 '억!' 하는 비명을 지르고 옆으로 쓰러졌다. 그 틈에 봉자는 사내의 손아귀에서 재빨리 손목을 뺐다. 주위의 사내들이 서둘러 쓰러진 보스 앞으로 달려갔다.

 "형님!"
 "어…… 억. 뭐가 날아온 거냐, 지금. 어디서 날아온 거야, 이거!"

사내들은 일제히 주위를 둘러봤다. 어디에서 떨어진 것인가 하늘을 보기도 했다. 그러나 그들의 눈에는 아무것도 보이지 않았다.

봉자는 귤즙에 범벅이 된 채 쓰러진 사내를 보고 짐작이 가는 눈치였다. 입가에 가벼운 웃음이 배어 나왔다.

평소에 윌리엄은 조율사(調律寺) 안 불상 앞에서 귤을 가지고 공기놀이를 즐겼다. 그 엄청나게 커다란 손으로.

보스는 자신의 오른쪽 얼굴에 묻은 귤즙을 훔쳐내며 쓰러진 자리에서 일어났다. 부하들이 내민 휴지로 얼굴을 닦으면서 주위를 둘러봤다. 다시 하늘도 올려봤다.

아무것도 찾을 수 없는 것을 확인하고 부하들에게 지시를 내렸다.
"엄청 아프네, 제기랄……. 자 시간 없으니까, 저 아가씨 끌고 안으로 들어가서 찾아보자."

그러자 봉자는 입고 있던 치마 한쪽을 올리고 다리를 두 계단 올려서 걸치고는 통기타를 다시 바로 맸다.

피크를 입에 물고는 흐트러진 머리를 뒤로 꽉 조여 묶었다. 그러고는 피크를 손에 쥐고 통기타를 다시 치기 시작했다. 마치 램프 안의 거인 지니를 불러내듯 기타 연주를 정성스럽게 시작했다.

그리고 곧 빠른 템포의 탱고 리듬으로 넘어갔다.

조폭들은 어안이 벙벙한 듯 실실 웃으면서 봉자 앞으로 서서히 걸어왔다.

슉슉슉―. 슈~ 슈슈 슉!
다시 무엇인가 공기를 가르는 소리가 들리더니 '퍽!' 하는 소리가 났다.

"악!"
맨 앞에 오던 덩치 큰 사내가 복부를 움켜쥐고 주저앉았다.

슈―욱 슉슉―.
또 빠른 속도로 껍질이 그대로인 큼지막한 귤이 그 뒤에 오던 사내의 낭심에 꽂혔다. '빡!'

"으악!" 그 사내는 비명과 함께 아랫도리를 붙잡고 뒹굴었다.

봉자의 통기타에서 흘러나오는 탱고 리듬은 더욱 열정적으로 변해가고 있었다.

슈욱— 팍! 헉!
슈슈욱— 빡! 으악!
슈—욱 슉슉— 아아 악!

어디선가 날아오는 커다란 귤은 거친 조폭 사내들 몸에 그대로 꽂혔다. 숨을 곳을 찾지 못하고 어쩔 줄 모르는 조폭들은 귤 폭탄을 온몸으로 받아낼 수밖에 없었다.

조폭 보스는 앞에 덩치 큰 사내를 세워 놓고 그 뒤에 숨어서 빠르게 날아오는 총알 같은 귤을 피하고 있었다.
그렇지만 보스의 방패가 되어 버린 덩치 큰 남자의 등 뒤로도 강력한 속도의 귤이 계속 날아들었다.

단단히 묶었던 머리카락이 다 풀어졌어도 봉자의 통기타 탱고 리듬은 더욱 열정적으로 고양되고 있었다. 봉자의 손도 점점 격렬하게 움직였다.

 뒤통수, 종아리, 등판, 어깨, 목, 허리, 발목, 그리고 다시 뒤통수……. 거침없이 날아드는 귤 폭탄에 보스의 방패가 되어 버티고 있던 덩치 큰 남자도 결국 쓰러졌다.

 그때 보스는 보았다.
 저쪽 언덕 위, 그리고 그곳에서 날아오는 귤이 점점 커지고 있는 것을. 귤은 점점 커지면서 자신을 향해 날아오고 있다는 것을 알았다. 하지만 그것이 자신이 맞아야만 하는 귤이었음을 확인하는 순간, 그는 그것을 피할 수 없다는 것도 깨달았다.

 귤은 그대로 그의 인중에 꽂혔다. 보스는 그대로 뒤로 쓰러지고 말았다. 그때쯤 웅장한 마무리로 봉자의 기타 연주도 끝났다.

 기어가는 놈, 비탈진 곳에서 굴러가는 놈, 자기들끼리 부축하며 조폭들이 골목을 빠져나간 조율사(調律寺) 앞은 귤혈(橘血)이 낭자했다.

싱가포르 다운타운 코어
(Downtown Core). 3

"은호 씨, 가족과 살고 있는 집은 말레이시아 쿠알라룸푸르에 있습니다. 제가 한국을 떠나온 지도 벌써 30년이 다 돼 가네요. 그리고 우리 회사는……."

레오가 싱가포르에서 운영하는 모리얼 사모펀드의 자금 대부분은 말레이시아에서 건너온 자금이었다.

레오는 한국의 특전사 출신이다. 전두환이 쿠데타 성공 후에 대통령이 됐고, 그의 집권 중반기에 선배의 추천으로 청와대 경호실에 들어가서 근무하기 시작했다.

이후, 노태우 집권이 끝날 때까지 청와대 경호실에 근무했다. 그러다 김영삼이 대통령이 되고, 1995년 11월 과거사 청산 작업으로 전두환과 노태우가 함께 구속됐다.

그때 레오는 경호실에서 특수 임무를 맡고 있었다. 그것은 해외에 있는 비자금 관리였다. 레오는 경호실의 직계 상사와 함께 세상에 알려지지 않은 군사 정권의 비자금 중 동남아에 있던 상당 금액을 관리했다.

처음에는 그것이 '군사 정권의 훗날을 위한 작전'이었다. 그러나 비밀 임무를 맡은 당사자들이 비자금을 가지고 잠적했다.

레오와 경호실 직계 상사는 처음 태국으로 숨어들었다. 그곳에서 신분을 세탁했다. 이후 태국에서 군사 쿠데타가 몇 번 발생하자 레오와 친분이 있던 태국 군부가 퇴출당했고, 이에 위험을 느낀 레오는 혼자 말레이시아로 숨어 들어와서 정착했다.

"은호 씨, 말레이시아는 가 보셨나요?"
"아닙니다. 예전에 회사 다닐 때, 출장길에 환승 때문에 쿠알라룸푸르 공항에서 몇 시간 체류한 적은 있지만 한 번도 가 보지는 못했습니다."

"은호 씨, 저를 좀 도와주실 수 있을까요?"
"제가 레오와 같이 할 수 있는 일이 뭘까요?"

"아주 많이 있습니다. 그리고 은호 씨가 당장 서울로 가지 않아도 된다는 정도는 알고 있습니다."

은호는 레오가 자신에 대해서 어디까지 알고 있을까 궁금했다.

"제가 요즘 일이 많이 생겨서요. 머리도 예전만 못합니다. 은호 씨, 물론 호랑이를 사육하거나 애완용으로 키울 수 없다는 것을 잘 압니다. 제가 충분히 보상하겠습니다."

"레오, 제가 특별한 일이 있는 것은 아니지만, 그래도 쉽게 답을 드릴 수가 있는 문제는 아니네요."

"아닙니다. 이해합니다. 아직 시간이 있으니 깊이 고민을 좀 해주세요. 은호 씨."

그리고 레오는 이수형 변호사에게도 질문했다.

"이 변호사님은 언제 한국에 돌아가십니까?"
"저는 주말을 끼고 와서, 앞으로 은호 형님이랑 3일은 더 지내다 돌아갈 예정입니다."

"좋네요. 그럼, 이 변호사님의 출국 전날 우리 다시 한 번 만나시죠. 제가 그날 저녁을 아주 좋은 곳으로 모시겠습니다."

이야기가 끝나자, 은호는 일어서서 창밖으로 싱가포르 시내를 보았다.

바다 건너 바탐(Batam)섬 끝에서 싱가포르 시내를 덮쳐오는 붉은 노을은 전율이었다. 아름답지만, 저 붉은 노을은 이 세상의 모든 탐욕과 음모마저도 아름다운 것처럼 물들이고 있었다.

실제 태양의 표면은 '지옥 불'같이 뜨거워서 아름다운 노을은 온갖 욕망이 서로를 죽이며 터져 나오는 핏빛에 지나지 않았다.

1부 끝

1부를 끝내고
2부로 가는 길목에서

   저는 실력으로 증명해야 살아남을 수 있었습니다. 고아처럼 살아온 인생에서 학력도 없고, 인맥도 없고, 특별한 라이선스도 없었습니다. 주식시장에서도 그랬고, 죄수의 신분으로 검사실에 출퇴근하면서도 검사들보다 수사를 잘해야 인정받을 수 있었습니다. 여러 가지 특종을 취재하면서도 어느 기자보다도 더 깊은 취재를 해야 했습니다.

   이제 글을 쓰는 작가의 위치에서도 그래야 할 것입니다. 저의 첫 소설 『말레이 추적기』도 제가 그동안 살아온 것처럼 다시 한번 실력으로 증명해 내고 싶습니다. 만약 제 소설이 흥미롭지 못해서 2부를 기다릴 필요가 없다면 죄송할 뿐입니다. 하지만 저의 소설이 재미있다면 주변의 지인 열 분에게 알려주세요. 10권을 사 달라는 것이 아닙니다. 단톡방이나 SNS 등에 열 분에게만 더 알려주세요.

제게는 특별한 홍보의 수단이나 영향력 있는 언론의 인적 네트워크도 없습니다. 이 소설을 구독하시는 분께서 저의 홍보 요원이 되어 주세요. 그것이 제게는 길고 긴 2부의 길을 행복하게 거닐 힘입니다. 1부가 재미있고 흥미롭다면….

이 오 하 드림.

영화 제작 관련 : https://xstory.pics

말레이 추적기 1부

1판 1쇄 발행 2025년 06월 27일

저자 이오하

교정 남상묵　**편집** 김다인　**마케팅·지원** 이창민

펴낸곳 (주)하움출판사　**펴낸이** 문현광

이메일 haum1000@naver.com　**홈페이지** haum.kr
블로그 blog.naver.com/haum1000　**인스타그램** @haum1007

ISBN 979-11-7374-099-2(03810)

좋은 책을 만들겠습니다.
하움출판사는 독자 여러분의 의견에 항상 귀 기울이고 있습니다.
파본은 구입처에서 교환해 드립니다.

이 책은 저작권법에 따라 보호받는 저작물이므로 무단전재와 무단복제를 금지하며,
이 책 내용의 전부 또는 일부를 이용하려면 반드시 저작권자의 서면동의를 받아야 합니다.